Birgit Schlieper • Herzenssucht

DIE AUTORIN

Birgit Schlieper, geboren 1968 in Iserlohn, hat Amerikanistik, Romanistik und Anglistik studiert, ihr Studium aber abgebrochen, als ihr ein Zeitungsvolontariat angeboten wurde. Seitdem schreibt sie unaufhörlich: Einkaufszettel und Post-its, Reportagen, Tagebuch und Gedichte, für Nachrichtenagenturen, die Süddeutsche Zeitung, in Lehrbüchern für den Deutschunterricht – und Bücher. Ihre Hobbys sind Skifahren (wegen des Sauerstoff- und Geschwindigkeitsschubs), Aerobic (wegen der drohenden Orangenhaut), Badminton (wegen der Sauna danach) und Wegwerfen (weil es so befreit). Sie lebt mit ihrer Familie in Dortmund.

Von Birgit Schlieper sind bei cbt erschienen:
Polnisch für Anfänger (30291)
Immer tiefer (30368)

Birgit Schlieper

Herzenssucht

cbt

cbt – C. Bertelsmann Taschenbuch
Der Taschenbuchverlag für Jugendliche
Verlagsgruppe Random House

Unterrichtsmaterialien zu diesem Buch sind
erhältlich unter www.randomhouse.de

Mix
Produktgruppe aus vorbildlich
bewirtschafteten Wäldern und
anderen kontrollierten Herkünften

Zert.-Nr. SGS-COC-1940
www.fsc.org
© 1996 Forest Stewardship Council

Verlagsgruppe Random House FSC-DEU-0100
Das für dieses Buch verwendete FSC-zertifizierte
Papier *Munken Print* liefert
Arctic Paper Munkedals AB, Schweden.

1. Auflage
Originalausgabe April 2008
Gesetzt nach den Regeln der Rechtschreib-
reform
© 2008 cbt/cbj Verlag, München
in der Verlagsgruppe Random House GmbH
Alle Rechte vorbehalten
Lektorat: Uwe-Michael Gutzschhahn
Vermittelt durch die Literatur- und Medien-
agentur Ulrich Pöppel, München
Umschlagfoto: stockphoto (Herz),
Corbis (Gabel)
Umschlagkonzeption: init.büro für gestaltung,
Bielefeld
SE · Herstellung: CZ
Satz: KompetenzCenter, Mönchengladbach
Druck und Bindung: GGP Media GmbH,
Pößneck
ISBN 978-3-570-30446-4
Printed in Germany

www.cbj-verlag.de

Ich muss mich zwingen, woanders hinzugucken. Starr aus dem Fenster. Inspizier meine Fingernägel. Aber immer wieder geht mein Blick zu diesen dicken Dellen. Unter der weißen Hose liegt eine Kraterlandschaft. Die Frau vor mir hat Beine, die aussehen wie der Mars. Ich muss immer wieder hingucken. Wie bei einem Autounfall. Man fährt dran vorbei und glotzt, obwohl man das eigentlich nicht will.

»Wichtig ist, dass du jetzt erst mal wieder zu Kräften kommst«, sagt der Mund oberhalb der engen weißen Hose.

»Nele, es ist wichtig, dass du isst«, betont der Mund.

Ich hau meine Schneidezähne in meine Unterlippe, um nicht zu lachen. Die gute Frau sitzt hier mit ihrer ausgeprägten Orangenhaut und sagt, dass ich essen soll? Wer die sieht, weiß doch genau, warum Diäten erfunden wurden.

Ich nicke nur.

Mittlerweile hat die Marslandschaft genug Blut aus meinem Arm gezapft und klebt mir ein Pflaster in die Armbeuge. Als sie sich vorbeugt, seh ich überdimensionale Brüste. Die beiden bilden einen riesigen Arsch.

»Stillen Sie gerade?«, frage ich kalt.

»Nein. Warum?«

»Ach, nur so«, sag ich grinsend.

Die Ärztin – oder was immer sie ist – kapiert und steht sehr gerade auf.

»Bis später, Nele. Ich komme nachher noch mal vorbei.«

Als sie an der Tür ist, zieht sie wirklich mit Daumen und Zeigefinger den Slip wieder in seine ursprüngliche Position. Iiiih.

»Das ist kein Zeichen von schlechter Kinderstube. Nur von schlechter Unterwäsche.« Den Satz habe ich mal in irgendeiner Werbung gelesen. Totaler Schwachsinn. Das ist ein Zeichen von Arsch-frisst-Hose. Von Fettleibigkeit. Wenn es Körperfalten gibt, in denen ganze Kleidungsstücke verschwinden können, läuft doch wohl irgendwas falsch.

Heute im Sportunterricht ist auch irgendwas falsch gelaufen. Plötzlich wurde es schwarz um mich rum. Meine Beine waren aus Wackelpeter und der Vorhang ging runter. Ich auch. »Soll sie doch sagen, wenn sie keinen Bock auf Basketball hat«, hörte ich noch, eh nach dem Bild auch der Ton abgedreht wurde. Im Krankenwagen wurde ich wach, weil die Sirene so tierisch laut war. Ich dachte noch, dass die meisten Verletzten wahrscheinlich erst durch den wahnsinnigen Lärm einen Hau wegbekommen, dann war ich selbst wieder weg.

Seit zwei Stunden lieg ich jetzt in diesem Zimmer und eigentlich könnt ich auch wieder nach Hause gehen. Es geht mir super. Aber die machen hier aus einem

kleinen Kreislaufkollaps einen mittelschweren Kran-
kenfall. Schon dreimal war irgendein Zivi hier, um meinen Blutdruck zu messen.

Als die Tür sich öffnet, weiß ich sofort: Das ist nicht
der Zivi. Das ist eine Erscheinung. So betritt nur meine Mutter einen Raum. Die ist immer so dynamisch,
dass man echt aufpassen muss, nicht in ihren Sog zu
geraten. Sie schafft es, gleichzeitig ihr Cape abzustrei-
fen, ihre Tasche zu platzieren und sich auf dem Stuhl
neben meinem Bett zu postieren. Sie greift nach meinen Händen und ihre Armreifen zertrümmern fast
mein Handgelenk. Ich muss grinsen. Wär ja nicht
schlimm. Bin ja schon im Krankenhaus. Da können die
das ja gleich eingipsen.

»Ma, reg dich nicht auf. Ich hatte einen kleinen
Durchhänger und ruh mich hier gerade ein bisschen
aus.«

Ich tätschle ihre Hand und reib mein Gelenk.

Sie will natürlich wissen, was genau passiert ist und
warum und ob mir schon mal mulmig war, ob mir was
wehtut, was der Arzt gesagt hat und warum ich so blass
bin.

»In weißer Bettwäsche ist jeder blass«, beruhige ich
sie. Sie drückt aber schon mit Elan den Ich-will-
sofort-eine-Krankenschwester-Knopf. So sieben- bis
neunmal. Als atemlos der Zivi ins Zimmer stürzt, teilt
sie ihm mit, sie wolle sofort den behandelnden Arzt
sprechen. Köstlich. So ist meine Mutter. Die geht
nicht auf leisen Sohlen zum Schwesternzimmer, wo sie
hüstelnd die Krankenpflegerinnen beim Tratsch stört

und untertänigst nach dem Arzt fragt. Meine Mutter bestellt den Arzt zu sich. Ich finde sie echt oft peinlich. Aber hier bin ich Zuschauer. Ich bin gespannt, was passiert. Wie fast immer passiert genau das, was meine Ma will. Der Arzt kommt und bittet sie zu einem Gespräch raus.

Super. Was soll denn der Scheiß? Hier geht es doch schließlich um mich. Die behandeln mich, als wär ich fünf. Nicht 15.

Mit Schwung spring ich aus dem Bett, muss mich kurz festhalten und sammeln und durchwühl dann die Tasche meiner Mutter. Mein Kulturbeutel, ein Handtuch, ein Buch und zwei Schlafanzüge. Was soll das? Ich halt die beiden Schlafanzüge noch in der Hand, als meine Mutter mit dem Doc im Gefolge wieder reinkommt.

»Was soll ich denn bitte mit zwei? Konntest du dich nicht entscheiden, oder was?« Ich setz mich wieder aufs Bett. Irgendwie ist mir nicht gut. Der Arzt setzt sich neben mich. So was kenn ich. Aus amerikanischen Arztserien. Und da ist das nie ein gutes Zeichen. Gleich nimmt er bestimmt meine Hand und sagt irgendwas Schicksalsträchtiges.

Ich nehm seine Hand und sag: »Sie sitzen auf *meinem Bett*.«

Wie eine Diva leg ich mich unter die Decke, streich sie glatt und frag meine Ma.

»Also los. Hab ich nun Aids oder Krätze oder Krebs?«

Sie lächelt. »Du guckst echt zu viele Arztserien.«

8

Der Doc schaltet sich ein. »Nele, wir wollen dich einfach ein paar Tage hierbehalten und durchchecken. Nichts Schlimmes. Nichts Schmerzhaftes.«

»Ich schreib aber morgen 'ne Mathearbeit.«

»Dann sei doch froh«, sagt er und lacht.

»Sie verstehen mich nicht ganz. Ich bin gut vorbereitet. Ich will diese Arbeit schreiben. Sonst hab ich ja total umsonst gelernt.«

Meine Worte verpuffen. Die beiden tun so, als hätt ich gepupst, und übergehen das einfach. Wechselweise reden sie mit mir. Ich solle mir keine Sorgen machen, blabla. Aber ich sei wohl ein bisschen ausgebrannt, blabla. Ich müsse mich jetzt ein bisschen aufpäppeln lassen, bla blubb. Und dann äffen sie noch ein bisschen die Frau vom Mars nach. Wie wichtig es sei, dass ich gut esse. Ein Motor könne ohne Benzin nun mal nicht laufen. Meine Mutter kommt richtig auf Touren. Das ist echt praktisch an ihr. Die kann sich an ihren eigenen Sätzen so aufgeilen und berauschen, dass man sich an ihren Selbstgesprächen gar nicht beteiligen muss.

Ich unterbrech sie.

»Was ist eigentlich mit meiner Schultasche? Da waren schließlich mein Geld, mein Handy und mein MP3-Player drin.«

»Hat Mia alles mitgenommen. Die will nachher noch vorbeikommen.«

Endlich mal gute Nachrichten.

Der Arzt und meine Mutter sind thematisch inzwischen bei der Gesundheitsreform. Die nerven.

»Ich würd mich gern ein bisschen ausruhen«, werf ich dazwischen. Ich hätt es gern leise und leidend gesagt, aber das wär bestimmt untergegangen.

»Nele, Süße. Entschuldige.« Sie dreht eine Haarsträhne von mir um ihren Finger.

»Mama, ich will keine Locken. Ich will meine Ruhe«, sag ich lachend.

»Alles klar. Schlaf dich fit. Viel Spaß mit Mia nachher, macht den Zivi nicht an und ich komme dann morgen früh wieder, okay?«

Mit ihr verschwindet nicht nur der Arzt, auch alle Töne gehen mit. Ich lieg in einem Akustikvakuum und starr die unterschiedlichen Weißtöne an. Die Wände sind richtig strahlend weiß. Die Decke eher vergilbt weiß. Die Bettdecke ist grauweiß, die Fensterrahmen sind schmutzig weiß.

»Ich weiß«, sag ich laut und muss mich kaputtlachen.

Ein MP3-Player, umgeben von knatschblauen Fingernägeln, wird in den Türrahmen gehalten. Mia. Endlich. Sie wirft mir mein liebstes Stück aufs Bett, sich hinterher.

»Geile Location, Nele. Und wie du einfach so umgefallen bist – hammerhart. Echt ein beeindruckender Auftritt. Ich find Basketball auch doof.«

Sie grinst mich noch an.

»Stimmt. Immer diese Weichei-Drückeberger, die sich mit Kopfschmerzen auf die Bank setzen – das ist einfach nicht mein Stil.« Ich fahr mir affektiert durch die Haare.

»Nee, im Ernst. Was ist denn los? Ich hab echt Angst gehabt.«

»Weiß ich doch auch nicht. Keine Ahnung, echt. Plötzlich war mir einfach schwarz vor Augen. Ich war wie mit Watte vollgestopft.«

»Und jetzt? Was passiert jetzt hier?«

»Nichts. Außer dass die mir drei Liter Blut abgezapft haben und ein pickliger Zivi alle zwei Stunden meinen Blutdruck misst. Mein Arm ist schon ganz wund. Ansonsten soll ich mich ausruhen.«

»Vielleicht hast du 'ne Fischvergiftung. Mir war nach dem Fisch-Teil gestern Abend bei McDoof auch ganz komisch.«

»Da ist doch gar kein Fisch drin.«

»Vielleicht war das Fett schlecht.«

»Ich hatte nur einen Salat.«

Mia fängt an, das Plastikdreieck über meinem Bett wie einen Triangel zu spielen.

»Hast du deine Tage bekommen? Vielleicht hast du zu viel Blut verloren.«

Ich hau ihr auf die Finger. Irgendwie macht sie mich nervös.

»Ich hab meine Tage nicht.«

Mir fällt auf, dass ich die schon ziemlich lange nicht mehr hatte.

»Ich hab meine Tage überhaupt nicht mehr«, stell ich fest.

Mia setzt sich auf.

»Was? Dann bist du schwanger. Ach du Scheiße. Von Tobias? Hilfe, Nele. Das ist doch nicht dein Ernst. Du Arme.«

Ich lass sie ein bisschen in ihrer Panik schwimmen.

»Mensch, Mia. Bist du krank? *Du* solltest besser hier liegen. Du weißt genau, dass außer Händchenhalten mit Tobi nichts lief. Und das fand ich schon fies. Ich weiß nicht genau, warum ich mich auf diesen Schwachmaten eingelassen hab, aber über die Hand kann er mich bestimmt nicht schwängern.«

»Vielleicht doch. Wenn er vorher – du weißt schon.«

Ich drück ihr mein Kopfkissen ins Gesicht.

»Du bist echt eklig. Fieser als eine Fischvergiftung.«

»Vielleicht hast du ja nur nicht mitgekriegt, dass ihr Sex hattet. Du weißt schon, K.-o.-Tropfen und so.«

»Mia, ganz im Ernst. Der Typ brauchte keine Tropfen. Der war schon so dermaßen langweilig, dass ich auch ohne fast ins Koma gefallen bin.«

Ich schüttel mich bei dem Gedanken an Tobias, der vor ein paar Wochen kurzfristig mein Freund war. Die ödeste Zeit meines Lebens. Langweiliger ist nur das Geburtstagskaffeetrinken bei meiner Patentante.

»Das ist bestimmt seine Masche. Der hat dich stundenlang mit seiner Psycho-Musik bedudelt, damit du irgendwann einschläfst, und dann …«

»Und dann hätte der bestimmt nicht gewusst, was wo ist. Der Typ war ein Vollidiot. Ende. Aus.«

»Schade, ich wollte mich gerade als Patentante anbieten.«

»Ich sag dir, wenn irgendein Mädel irgendwann von

Tobias ein Kind kriegen sollte, sucht die keine Patentante, sondern eine Adoptivmutter für das Blag.«

Als Mia geht, rennt sie in der Tür fast Lernschwester Nicole samt Tablett um. Hätte sie mal. Was mir diese Nicole präsentiert, ist gnadenlos inakzeptabel. Graubrot, das farblich seinem Namen gerecht wird. Goldgelbe Butter. Einen schwabbeligen Schokopudding. Ölige Salamischeiben, in denen ich mich fast spiegeln kann. Eine Handvoll Tomatenstücke in Dressing. Und Tee. Im Waschbecken spül ich die Tomaten ab und danach mit dem Tee runter.

Eine halbe Stunde, nachdem das Tablett wieder eingesammelt worden war, steht die Marsfrau vor mir. Nicole, die alte Petze. Warum ich nichts gegessen hab.

»Ich hab den Tomatensalat gegessen. Der war echt gut.«

»Das ist aber ein bisschen wenig.«

»Ich hätt auch mehr davon gegessen.«

»Okay.«

Und weg ist sie. Steht einfach auf und geht. Keine Mahnungen, keine Vorhaltungen, keine Androhungen. Ich lehn mich zurück, blättere in den Zeitschriften, die Mia mir mitgebracht hat. Auf dem MP3 läuft immer wieder Fanta4. »Wir ernten, was wir säen.« Oder heißt es »Wir ernten, was wir sehen«? Seit Wochen frag ich mich, was mir besser gefällt.

Irgendwann hab ich jede Zeile gelesen. Die Zeitschriften sehen aus, als hätten sie wochenlang in einem

Wartezimmer gelegen. Ich roll das Bett ein bisschen mehr ans Fenster und mich unter der Decke zusammen. Was ist denn eigentlich, wenn ich doch eine schwere Krankheit hab? Wenn irgendwas Heimtückisches in mir schlummert? Auch unter der schweren Decke wird mir immer kälter. Ich würde jetzt gern mit Robert reden. Aber der ist ja weit weg.

Das Brot hat sich über Nacht nicht verändert, ist zum Frühstück genauso grau wie gestern Abend, genauso grau wie der Himmel. Genauso grau wie alle Farben in mir. Dazu gibt es ein Schälchen gelbe Marmelade, glänzenden Käse und einen schrumpeligen Apfel. Den schieb ich für später in die Nachttischschublade, den Rest wickel ich in die Modestrecke der Allegra ein und fütter damit den Mülleimer. Ich lieg noch nicht ganz, da scheppert die Marsfrau herein. Sie schiebt einen Metallständer klirrend vor sich her, und ehe ich begreife, was hier passiert, tropft eine durchsichtige Flüssigkeit in einen Schlauch und von da aus durch eine Nadel in meinen Arm.

Sie hätte das Gefühl, dass meine Appetitlosigkeit einer schnellen Genesung im Weg stünde. Dass mein Körper mehr Energie bräuchte. In mir brodelt die Energie nur so. Ich sag aber nichts, versuch, meine Fäuste wieder zu öffnen. Immer wieder zu öffnen.

»Was ist denn da drin?« Meine Stimme klingt wie aus einer Zitronenpresse.

»Das ist eine konzentrierte Nährstofflösung. Super-Plus-Benzin quasi«, lacht sie und verabschiedet sich.

Super-Plus-Benzin heißt wahrscheinlich Zucker, in Fett aufgelöst. Tolle Therapie hier. Geheilte Patienten werden direkt in die Fettleibigkeit entlassen. Ich dreh am Rad. Im wahrsten Sinne und drossel erst mal die Tropfgeschwindigkeit, mit der das Ölgemisch in den Schlauch und dann in meinen Körper rinnt. Mir die Nadel aus dem Arm zu ziehen, trau ich mich nicht.

Mia lacht sich über meinen neuen ständigen Begleiter natürlich kaputt. Ich komm gerade aus dem Schwesternzimmer, wo ich noch eine Flasche Wasser geholt hab, als sie mir auf dem Flur begegnet.

»Wen hast du denn da im Schlepp? Das ist ja echt ein stahlharter Typ«, sagt sie grinsend. Dann zeigt sie auf den Beutel. »Ist das etwa Pipi? Iiiih!«

»Spinn nicht rum. Das ist mein neuer Sklave, der mich auf Schritt und Tritt mit Leckereien versorgen muss.«

»Super. So einen hätt ich auch gern.«

Sie zieht an dem Teil und ich muss natürlich hinterher. Darauf, dass sie mir jetzt die Nadel aus dem Arm reißt, hab ich nämlich erst recht keinen Bock.

Auf dem Zimmer versorgt mich Mia mit frischem Obst, zwei neuen Zeitschriften und den neuesten News. Die Mathearbeit ist ausgefallen, weil Bergmann krank ist. Vor nächster Woche kommt unser Mathelehrer nicht zurück. Vielleicht hat sich die Lernerei ja doch gelohnt.

Charlotte und Hannes haben sich mal wieder getrennt, übernächste Woche gibt es einen Infotag für die Vorbereitung auf die Oberstufe. Nichts Aufregendes.

Wir langweilen uns ein bisschen. Jede von uns hat einen MP3-Knopf im Ohr. Der Sound ist natürlich kacke. Trotzdem bin ich traurig, als Mia gehen muss. Mittwochs geht sie immer zum Indoor-Beachvolleyball. Ich bleib in meiner weißen Einöde zurück. Vielleicht sollte ich meine Mutter anrufen, dass sie mir eine Sonnenbrille mitbringt.

Am Nachmittag kommt sie endlich. Nicht meine Mutter. Eine Psychotruse. Ich hatte schon viel früher mit ihr gerechnet.

Sie ist sehr groß, sehr schlank und hat ihre Brille auf die Haare geschoben. Wie eine Sonnenbrille. Das find ich super albern. Sie macht wirklich dieselben durchsichtigen Spielchen, die meine Mutter schon an mir ausprobiert hat. Vor ein paar Monaten war meine Ma bei einem VHS-Vortrag: »Essstörungen bei Jugendlichen.« Am nächsten Tag wollte sie mit mir über meine »Körperwahrnehmung« reden und über »Kontrollzwang«. Ich hab danach eine Woche lang jeden Morgen und jeden Abend geduscht und mir permanent die Hände gewaschen. Die waren hinterher schon ganz wund. Meine Mutter hat sich dann auf meinen »Waschzwang« konzentriert.

Die Psychologin hier will, dass ich meinen Körper beschreibe. Ich werf die Bettdecke zurück.

»Das da unten sind meine Füße. Der rechte ist rechts, der linke links. Damit die Füße nicht so isoliert im Bett rumliegen, sind sie an meinen Beinen befestigt. Ganz praktisch. Der rechte am rechten Bein, der linke am linken. Gefällt mir ganz gut.«

Ich guck die Frau unschuldig an. Die hat sich ihre Brille jetzt richtig aufgesetzt. Vielleicht will sie ja überprüfen, ob meine Füße wirklich vorschriftsmäßig installiert sind. Ich grinse.

Sie nicht.

»Welchen Körperteil magst du am liebsten?«

»Die rechte Hand von meinem Vater. Damit gibt er mir Taschengeld.«

»Und an deinem eigenen Körper?«

Die Alte ist echt total humorlos.

Ich tu so, als müsste ich nachdenken.

»Ach, irgendwie mag ich alles. Bis auf die beiden Zehen neben den großen. Die sind nämlich länger, das sieht in Sandalen irgendwie doof aus.«

Daran hat sie zu kauen.

»Wie viel wiegst du eigentlich?«

Ich überleg.

»Ich weiß nicht genau. So 51 oder 52 Kilo.«

Die kommt mir echt auf die ganz dumme Tour. Hätt ich jetzt 47,8 Kilo gesagt – was der Wahrheit entspricht –, würde sie mir zwanghafte Gewichtskontrolle unterstellen. So etwas kann man in jedem billigen Magazin erfahren. Und geschrieben ist das mit Sicherheit von dickbeinigen Redakteuren um die 60.

Jahre. Nicht Kilos.

Ich glaub, die Psychotruse ist kurz davor, sich zu verabschieden, als Krankenschwesterpetze Nicole mit dem Abendessen reinstolpert. Es gibt einen Eintopf mit allem, was offenbar noch in der Küche rumlag, und das in jeder Menge Fettbrühe. Die Suppe guckt mich mit ihren triefigen Augen an. Die Psychologin guckt auch. Die Augen leuchten richtig hinter den Brillengläsern. Ich muss wohl in den sauren Apfel beißen. Löffel für Löffel schieb ich in den Mund und schluck artig alles runter. Mein Magen krampft sich zusammen.

Als die Brille endlich geht, nimmt sie das Tablett samt leerem Teller mit. Sie glaubt, gewonnen zu haben.

Eigentlich tu ich das fast nie. Ich find es eklig. Außerdem ist Kotzen schlecht für die Zähne. Aber jetzt geht es nicht anders. Als die Suppe vor mir in der Kloschüssel liegt, guckt sie immer noch ölig und tranig. Ein bisschen tropft mir noch aus der Nase. Die Säure brennt in meinem Hals. Plötzlich hör ich, wie die Tür aufgerissen wird, sich jemand in der Kabine nebenan einschließt. Ich hab nämlich nicht meine eigene Toilette benutzt, um mir den Finger weit in den Hals zu schieben. Mein Bad hat kein Fenster und Kotzegeruch hält sich lange und penetrant. Hätt Nicole das gerochen, wär spätestens morgen früh das nächste Psycho-Frage-Spiel dran gewesen. Also bin ich auf das allgemeine WC auf dem Flur.

Die Geräusche von nebenan kenn ich. Ein trockenes Würgen, ein Schwall, ein Husten. Naseputzen. Der Geruch von Magensäure liegt in der Luft. Das ist mir noch lieber, als wenn sich da jetzt jemand zum Kacken niedergelassen hätte. Ich wasch mir grad vor dem fleckigen Spiegel die Hände und gründlich den Mund aus, als der Würger aus der Kabine kommt. Der Typ ist wohl ein paar Jahre älter als ich und sieht ziemlich blass aus. Offenbar steht er auch nicht auf den Eintopf hier. Ich grins ihn verständnisvoll an und geh mir erst mal lange die Zähne putzen.

Auf dem Flur lauf ich meinen Eltern in die Arme.

»Papa! Was machst du denn hier? Ich dachte, du bist auf Konzertreise? Steht es so schlecht um mich?« Ich fall ihm um den Hals.

»Bin heute Mittag gelandet, das letzte Konzert wurde abgesagt. War mir ganz recht, schließlich mache ich mir Sorgen um meine Prinzessin.«

Er krault mich im Nacken. Ich würd am liebsten schnurren. Fünf Minuten später würd ich am liebsten schreien. Die beiden eröffnen mir, dass ich wohl noch übers Wochenende hierbleiben muss.

»Heute ist Mittwoch. Was soll denn das? Ich hatte einen leichten Durchhänger, keinen Herzinfarkt. Ich krieg hier noch nicht mal irgendwelche Medikamente. Nichts tun kann ich auch zu Hause«, empör ich mich. Außerdem ist am Wochenende ein DJ-Treffen in einem neuen Szeneladen. Mia und ich freuen uns schon seit Tagen drauf. Da muss ich einfach hin.

»Nele, ich hätte dich auch lieber zu Hause. Aber wir haben gerade mit dem Arzt gesprochen und erfahren, dass du hier fast einen Hungerstreik hinlegst. Das geht so nicht.«

»Hungerstreik? Ich hab heute Abend eine Vitaminbombe vertilgt. Ich hab mich quasi quer durch die Gemüsevorräte der Küche gefressen.«

Ich verleg mich aufs Quengeln. Ich kraul meinen Dad unterm Kinn und schmoll ihn an.

Er weicht meinem Blick aus.

»Okay, Nele. Du hast recht. Heute ist erst Mittwoch. Die Entscheidung kann auch am Freitag getroffen werden«, springt meine Mutter ein. »Es liegt an dir.«

Am liebsten würd ich ihr entgegenbrüllen: »Natürlich liegt es an mir. Es liegt immer an mir. *Dir* liegt ja auch nichts an mir. Ich bin ja nicht Robert. Der Star und Stammhalter, der gekürte Erstgeborene.«

In der Nacht schreck ich hoch. Mir ist bitterkalt. Ich hab Angst. Was, wenn ich doch schwer krank bin? So krank, dass mein Vater seine Konzertreise absagt. So krank, dass es keinen Sinn mehr hat, mir Medikamente zu geben? Ich klau mir die Decke von dem leeren Bett nebendran und roll mich ganz klein zusammen. Die Angst kriecht mit in meine Höhle und hält mich lange wach.

Am Morgen werd ich durch rasselndes Schnarchen wach. Irgendwann heute Nacht haben sie wohl eine bronchialverschleimte Oma reingeschoben. Dass die Bronchien nicht ihr Hauptproblem sind, erfahr ich noch vor dem Frühstück. Oma hat's mit der Galle, wie sie mir erklärt. Solche Schmerzen würd sie mir niemals wünschen. Warum auch?

»Kindchen, machen Sie doch mal das Fenster zu. Ich hole mir ja hier eine Lungenentzündung.«

»Kindchen, können Sie wohl mal mein Kopfkissen ausschütteln. Ich will deswegen nicht extra nach der Schwester klingeln.«

Als ich in ihren siffigen Kulturbeuteln auch noch nach

Baldriandragees fahnden muss und auf Hämorrhoiden-
salbe treffe, geh ich.

Die Alte ist echt nicht auszuhalten. Am Ende des
Flurs ist ein »Gemeinschaftsraum«, in dem sogar noch
ein winziger verstaubter Fernseher in der Ecke steht.
Dort will ich es mir eigentlich gemütlich machen, doch
leider sitzt da schon der Brecher von gestern. Er liest in
einer dicken Schwarte.

»Na, bist du auch ausgebrochen?«, fragt er nach ein
paar Sekunden.

»Ausgebrochen?« Ich guck von dem Zeitschriften-
stapel auf, in dem ich grad wühle.

»Aus deiner Zelle. Ich liege zusammen mit einer
Prostata und einem Mastdarm. Echt fies.«

Jetzt versteh ich.

»Ich lieg mit 'ner Galle zusammen. Auch kein Vergnügen.«

Er liest weiter. Toll. Erst quatscht er mich an und
dann liest er.

»Apropos ausbrechen. Das Essen hier ist echt zum
Kotzen, nicht?«

Ich versuch mal ein bisschen Konversation.

»Ja, leider. Mein Magen ist etwas sensibel zurzeit.
Eigentlich steht er nur auf Haferschleim. Experimente
lehnt er ab.«

Haferschleim? Allein bei dem Wort zieht sich meine
Speiseröhre zusammen.

»Diese 1000-Augen-Suppe war echt eine Zumutung.
Ich hab nur drauf gewartet, dass mich so ein Öl-Auge
anblinzelt.«

21

Er tut erschrocken. »Bist du sicher, dass du hier richtig bist? Halluzinationen werden in der nächsten Etage behandelt.«

»Sehr witzig. Außerdem bin ich hier wirklich nicht richtig. Die einzige Behandlung besteht darin, dass mir dauernd Essen vorgesetzt wird. Eigentlich kann ich doch dann auch meine nächsten McDonald's-Besuche bei der Krankenkasse vorlegen, oder?«

»Komisch. Ich genieße die gleiche Therapie.«

»Was hast du denn? Wenn du mit einer Prostata und einem Darm zusammenliegst, hab ich ja üble Befürchtungen. Bitte keine ekligen Details.«

Er grinst.

»Ich muss einfach wieder ein bisschen zunehmen. Hab durch eine Chemotherapie total abgenommen und kotze dauernd.«

»Chemo? Ich dachte, das kriegen nur Leute mit Krebs.«

»Stimmt.«

Ich blätter kurz wieder in den Zeitschriften. Der Typ liest nicht weiter. Er wartet gar nicht, bis ich frage.

»Ich bin wieder gesund, aber leider total unterernährt.«

Er sieht wirklich mager aus. Die Augen liegen tief hinter den Brillengläsern. An den Handgelenken stechen die Knochen raus. Die Hände halten mit langen, spitzen Fingern das Buch fest. Viel schwerere Gegenstände kann er wohl gar nicht so lange hochhalten.

»Du bist wirklich ein bisschen blass«, stell ich doof fest.

»Das sagt ja die Richtige«, meint er und lacht.

»Findest du wirklich?«, frag ich erstaunt. Ich fühl mich eigentlich ganz gut.

»Blass, knochig und fast klapprig«, stellt er fest.

Knochig. Da kann ich mit leben.

»Was liest du da eigentlich?«

»›Der Medicus‹. Ich dachte, das passt zum Krankenhaus. Aber irgendwie ist es total langatmig.«

»Hol dir doch unten im Kiosk ’nen Arztroman«, schlag ich vor.

Gott sei Dank rafft er sofort, dass das ein Scherz war.

Er deutet auf den Fernseher.

»Vielleicht läuft ja so was wie ›Klinik des Horrors‹.«

Wir schalten ein und finden nur Schrott. Schließlich vertreiben wir uns die Zeit mit Reklameraten. Ich bin eindeutig besser.

Als Mia plötzlich im Raum steht, fühl ich mich irgendwie ertappt.

Ich lotse sie auf mein Zimmer. Das heißt, dass ich sie mit der rechten Hand schieb und mit der linken meinen treuen Freund, den Ständer, hinter mir herzieh. Mittlerweile läuft schon der zweite Beutel an Kalorienkonzentrat durch. Wenn es nach den Schwestern ging, wär es wohl der zwanzigste. Andauernd kommt ein Medizinmäuschen rein und will den Beutel wechseln. Dann klopfen sie immer ganz irritiert gegen den Schlauch und gucken fragend. Ich beteure stets: »Der ist grad erst gewechselt worden«, dann gehen die Mausis beruhigt wieder. Man stelle sich nur mal vor, da wär was wirklich Lebenswichtiges drin.

Mia schwänzt extra eine Doppelstunde Religion, um mir die Zeit zu vertreiben. Kein allzu großes Opfer. In der Tageszeitung war ein großer Bericht über das DJ-Meeting am Wochenende, wie sie mir zeigt. Ich muss da hin. Hab so Bock auf Tanzen. Auf eine geile Stimmung. DJ-Meetings sind echt anders als Disco. Da geht es nur um den Beat. Um die Mucke. Da wird nicht gebaggert. Da gehören alle zusammen. Das ist wie ein großes Trampolin. In das kann man sich einfach fallen, fallen, fallen lassen.

Die Oma neben mir ist leider schon wieder in den Schlaf gefallen und schnarcht. Sie liegt begraben unter mindestens fünfzehn Rätselzeitschriften und einer leeren Packung Toffifees. Die wird noch nicht mal wach, als die Mittagessen kommen. Es gibt Blaubeerpfannkuchen. Supergeil. Pfannkuchen lieb ich. Trotzdem geb ich Mia natürlich die Hälfte ab. Ehrensache.

Den letzten Rest stopft sie sich beim Jackeanziehen in den Mund.

»Sei mir übrigens nicht böse. Heute Nachmittag kann ich nicht. Ich wollte runter zur Skaterhalle. Charlotte hat mich gefragt, ob ich mitkomm.«

Dieses Miststück.

Ich weiß gar nicht, ob ich Mia oder Charlotte meine. Aber das ist so link.

Mia kommt mich nicht besuchen, weil sie mit Charlotte verabredet ist.

Charlotte, die super-mega-hippe Charlotte ist wieder Single und sucht sich meine beste Freundin aus.

Mia trifft an der Skaterhalle bestimmt Nick. Der hängt da total oft ab.

Die super-mega-single Charlotte macht sich bestimmt sofort an Nick ran. An Mia auch.

Und ich lieg hier neben einer schnarchenden Gallenblase mit Hämorrhoiden und bin auf einer 4000-Kalorien-pro-Tag-Diät.

Ich weiß gar nicht, was mich wütender macht.

Als ich mir am Nachmittag im Gemeinschaftsraum eine hirnlose Talkshow anguck, lehnt plötzlich der Brecher im Türrahmen und zeigt auf ein Regal mit Spielen.

»Wie wär's mit 'ner Runde Mühle oder so?«

Warum will er nicht gleich Topfschlagen machen. Oder Stoppessen. Ich schüttel den Kopf.

»Vielleicht hast du ja Glück und es ist auch 'n Puzzle dabei. Das kann man gut allein spielen. Ich bin raus.«

Er nimmt sich kein Puzzle, sondern geht wieder mit leeren Händen.

Eh er die Tür schließt, guckt er mich noch mal traurig an.

»Ich glaube übrigens, du bist hier noch lange nicht raus.«

Arschloch.

Mein Hass auf alles implodiert in mir. Und ich trenn mich erst mal von diesem scheißklapprigen Infusionsständer. Mit einem Tritt beförder ich ihn gegen die nächste Wand. Es scheppert. Der Beutel wird gegen ein Bild geschleudert, zerplatzt aber nicht. Dabei wird der Schlauch einfach so aus meinem Arm gezogen. Tut gar nicht weh. Ich schieb das Metallmonster zwischen stau-

big graue Blumen, wo es nicht weiter auffällt, und leg
mich ins Bett.

»Brauchst du die Infusion nicht mehr?«

Die Psychotante guckt erstaunt durch ihre schmie-
rigen Brillengläser.

»Nein.«

»Wer sagt das?«

»Ich.«

Ich frag mich, wie lang ich mit ihr wohl ein Gespräch
führen kann, in dem ich nur einsilbige Wörter benutz.

»Nele, das hast du leider nicht selbst zu entscheiden.«

»Doch.«

Ich brech meinen Versuch ab. Ich kling wie ein bocki-
ges Kind. Bockige Kinder werden wahrscheinlich gern
mal übers Wochenende dabehalten.

»Hören Sie, in diesem Beutel ist doch nur eine
schlichte Nährlösung. Ich trink hier Tee und Sprudel.
Ich ess Pfannkuchen und Brot und Gemüse und Obst
und alles. Da muss ich doch nicht auch noch mit
Zuckerwasser geflutet werden, oder?«

Sie steht einfach wortlos auf und geht. Zwei Minuten
später kommt eine Schwester rein und zieht mir den
Rest, der noch in meiner Armbeuge steckt, gekonnt
raus und pappt ein Pflaster drauf.

Ich versteh das alles nicht.

Mein Handy piepst.

»Viele Grüße von allen. Das nächste Mal musst du
unbedingt mitkommen. Lass dich nicht ärgern. Mia.«

Viele Grüße.

So einen Scheiß schreib ich auf Postkarten an Oma.

Viele Grüße, deine Nele. Langweiliger geht's echt nicht.

Und was heißt hier »mitkommen«?

Mitkommen mit ihr und Charlotte? Mitkommen mit ihr, Charlotte und Nick?

Und von wem soll ich mich hier ärgern lassen? Es redet doch überhaupt keiner mit mir. Ich krieg hier noch nicht mal eine Ansage, wenn ich mich selbstzerstörerisch von Infusionsgeräten trenne.

Ich antworte Mia nicht. Dafür tipp ich eine kurze SMS an Robert.

»Egal was Mama erzählt, es geht mir gut. Hoffe, dir auch.«

Es kommt keine Antwort. Wahrscheinlich sitzt er gerade im Englischunterricht. Erst vor vier Wochen ist mein großer Bruder für ein Jahr nach England gegangen und schon jetzt fehlt er mir. Mein Bruder ist einfach der Hammer. Ich kenn keinen Typen, der besser aussieht, und definitiv keinen, der intelligenter ist. Der hat so mal eben einen Abi-Schnitt von 1,3 hingelegt und ist außerdem noch der Charme auf zwei Beinen. Immer nett. Immer souverän. Angst kennt der gar nicht. Genau der Bruder, den man sich wünscht. Eigentlich. Wären da nicht diese Mit-Robert-hatten-wir-diese-Probleme-nicht-Tiraden. Nur ohne ihn ist es zu Hause so tierisch ruhig. Und meine Ma schüttet jetzt ihr pralles Mutterherz immer nur über mir aus. Auch anstrengend. Immerhin denkt sie am Abend daran, mir das Aufladegerät für mein Handy mitzubringen.

Weil ich aber stinkig auf Mia bin und Robert nicht antwortet, weiß ich gar nicht, wem ich mal schreiben könnt. Ich hör mir ein paar Songs unter der Bettdecke an, bis ich fast ersticke. Leider riecht es oberhalb der dicken Steppdecke nicht besser. Ehrlich, die Oma nebenan stinkt schon leicht nach Verwesung.

Auf meinem Nachttisch steht schon Abendessen. Angewidert starr ich den klumpigen Schokopudding an. Oma hat einen Apfel. Nur halb so welk wie sie selbst. Erstaunlicherweise starrt sie auf meinen Pudding.

»Ach, Schokopudding. Wie schade. Den mag ich doch nicht«, versuch ich es laut.

»Nein? Wie kann man so was nicht mögen? Tss, tss.« Sie zischt durch ihr Gebiss, und ich glaub, Speichelfäden zwischen den Lippen sehen zu können.

»Ja, komisch, nicht? Vanille, Erdbeer, alles mag ich. Nur Schoko nicht. Wollen Sie ihn vielleicht? Wär doch schade drum«, flöte ich.

»Ich darf doch nicht, Kindchen. Die Galle, die Galle.«

»So 'n bisschen Pudding werden Sie doch wohl essen dürfen. Wussten Sie, dass in Schokolade Glückshormone sind? Und wer glücklich ist, wird schneller gesund«, fasel ich.

Ich wart gar keine Antwort ab, sondern vertausch einfach den Kalorienklumpen mit ihrem Apfel.

Als ich rausgeh, hat sie den Löffel schon in der Hand.

Im Fernsehzimmer sitzt der Brecher über einem Sudoko-Rätsel. Ich lass mich auf einen Sessel fallen und beiß in den Apfel.

»Wenn du nicht weiterweißt, frag mich ruhig.«

Er guckt mich unter hochgezogenen Augenbrauen an.

»Echt. In Mathe bin ich gut.«

»Willst du etwa behaupten, du gehörst nicht zu den Zicken, die damit kokettieren, dass sie in Mathe auf Fünf stehen?«

»Ich gehör zu überhaupt keinen Zicken.«

»Das würde mich wundern.«

Er grinst.

»Aber gewöhn dich erst gar nicht an meine nette Art. Morgen bin ich nämlich weg.« Ich werf den Apfelnüsel Richtung Mülleimer und treff sogar.

»Am Wochenende ist nämlich ein mega DJ-Treff in so 'nem neuen Schuppen in Altona. Da geh ich hin.«

Ich blätter in einer Fernsehzeitung. Im ZDF legt gerade der große Volksmusik-Dampfer ab. Ich entscheide mich für die Comedy-Parade. Allein die Frisur von Atze Schröder ist doch zum Schreien.

»Das ist nicht dein Ernst.« Der Brecher stöhnt auf.

»Du kannst auch Florian Silbereisen, dem Senioren-Stricher im Zweiten, zuhören.«

Er lehnt sich zurück.

»Wie heißt du überhaupt?«

»Nele. Und du?« Eigentlich interessiert es mich nicht. Ich werd den Typen ja nie wiedersehen. Aber nicht zu fragen, wär unhöflich gewesen.

»Lars.«

Das passt irgendwie. Lars, der kleine Eisbär. Klein ist dieser Lars nicht. Aber er sieht so ein bisschen verfroren aus.

»Wie lange musst *du* noch hierbleiben?«

»Keine Ahnung. Wahrscheinlich, bis drei Tage am Stück nichts wieder oben rauskommt. Aber ich glaube, das dauert noch.« Lars grinst schief. Ich find, dass sogar sein Zahnfleisch ziemlich mager aussieht.

Ich fühl mich plötzlich müde und erschöpft. Ausgebrannt, aufgefressen. Ich lass Lars mit Atze zurück und geh lieber schon mal meine Tasche packen. Im Fernseher läuft der Volksmusik-Kahn gerade wieder in den Hafen ein, Oma Galle ist schon in schnarchigem Schlaf versunken.

Ich schick noch eine SMS an Robert hinterher. »Meld dich doch mal, wenn du Zeit hast.« In meinem inneren Ohr läuft ein Song: »Das ist meine letzte Nacht im Kinderzimmer, denn morgen werd ich erwachsen.« Ich dichte ihn um zu: »Das ist meine letzte Nacht im Krankenzimmer, denn morgen werd ich entlassen.«

Die Marsfrau steht in aller Herrgottsfrühe vor mir. Ich mach die Augen auf und seh einen Rock. Und Beine. Zu viel Bein. Die traut sich was. Auf der weißen Haut sind kleine rote Pocken, darüber lange dunkle Haare. Ekliger geht's nicht. Vielleicht will sie ihr schwabbelndes Fleisch mit Fell zuwuchern lassen. Nicht die schlechteste Idee. Die Alte hat aber auch Haare auf den Zähnen.

Sie wollen noch mal einen Gesundheitscheck mit mir machen. Wahrscheinlich zapfen sie mir jetzt wieder drei Liter Blut ab, und ich muss versuchen, in einen Plastikbecher zu pinkeln.

Pünktlich eine halbe Stunde später bin ich im Untersuchungszimmer. Zuerst werd ich gewogen. Mist. Wenn ich das gewusst hätte, wär ich vorher nicht lang auf dem Klo geblieben. Dann muss ich Fahrrad fahren, Kniebeugen machen, in einen Automaten pusten. Blut wird gleich noch aus Ohr und Arm abgezapft, dann schließt sich ein Sehtest an. Nach zwei Stunden bin ich völlig fertig.

Ich muss auf meinem Bett sofort eingeschlafen sein. Als ich aufwach, sind da wieder die pelzigen Beine der Marsfrau. Die Psychologin sitzt an dem wackligen Holztisch, meine Eltern unterhalten sich leise. Was ist das denn hier für ein Auflauf? Für so viele Besucher reichen die Stühle ja gar nicht.

»Guten Tag allerseits.« Ich zieh mich an dem Plastiktriangel hoch, versuch, einen klaren Kopf zu bekommen.

Das ist schwer angesichts der Unterhaltung. Kurz: Ich muss übers Wochenende hierbleiben. Ich versuch, was dazu zu sagen. Dass ich hier rausmuss. Dass ich hier wahnsinnig werd. Dass hier alles nach Fäulnis riecht. Dass das doch alles ein riesiges Missverständnis ist. Ich bin doch, verdammt, nicht krank. Aber ich komm gar nicht dazwischen. Die fette Frau und die Psychotante reden abwechselnd. Mal mit sich, dann mit meinen Eltern, dann über mich. Über mich weg.

»Nele hat ganz offenbar Essstörungen. Ihr Körper ist schon unterversorgt. Wir müssen leider von einer beginnenden Magersucht ausgehen.«

Da ist das böse Wort. Endlich hat es jemand in den Mund genommen und wieder ausgespuckt.

Ich wusste es. Vor ein paar Jahren musste ein Kind nur einen blauen Fleck haben, schon rannte eine hysterische Kindergärtnerin zum Jugendamt. Wir haben in Sozialkunde mal so einen Fall besprochen. Da wurde das Kind den Eltern sogar weggenommen. Jetzt erblicken hysterische Mütter einen Hüftknochen unter dem bauchfreien T-Shirt und gleich sehen sie eine Magersucht am Horizont aufziehen.

»Entschuldigung, aber hier stehen zwei Frauen, die offenbar latente Gewichtsprobleme haben, und erzählen mir was von Magersucht?«

Meine Mutter guckt mich so böse an, dass ich den Blick fast höre. Wie ein Pfeil zerschneidet er die Luft. Aber das ist mir egal. Der Pfeil prallt an mir ab.

»Nur weil ich nicht zu den Mädels gehör, die sich bei McDoof eine Wampe anfressen, bin ich gefährdet? Ich achte auf gesunde Ernährung, ja und? Mama, wenn es dir Spaß macht, stopfen wir demnächst beim Fernsehen abends gemeinsam die Schoko in den Mund. Wenn es das ist, was du willst, bitte. Aber ihr könnt mich doch jetzt nicht abschieben.«

Von drei Seiten widersprechen sie mir. Klar. Sie wollen ihre eigene Haut und ihr eigenes Fett verteidigen.

Ich versuch zu erklären, dass ich nicht Kate Moss bin, die klapprig und zugekokst einzelne Kalorien zählt. Ich will auch gar nicht so sein wie die.

Mein Vater legt seine Hand auf mein Bein.

»Süße, vielleicht täuschen wir uns ja. Das wäre schön.

Du sollst doch einfach nur bis Montag noch hierbleiben und dich ein bisschen stärken. Ruh dich aus.«

»Papa, mir fehlt aber das Klavier so.«

Er zuckt zusammen. Ich wusste, dass er darauf reagiert.

Meine Mutter schiebt ihn zur Seite.

»Nele-Maus. Es sind ja nur noch zwei Tage. Samstag und Sonntag. Dann kannst du wieder spielen. So viel und so laut du willst. Wir möchten einfach auf Nummer sicher gehen.«

Ich glaub, sie will einfach nur gehen. Mir fällt auf, dass sie noch immer ihre Jacke anhat. Sie ist irgendwie nur auf dem Sprung. Super. Hätt sie mir auch eine SMS schreiben können. »Hol dich Montag ab. Gruß Mama.« Da hätt sie gar nicht das Büro verlassen müssen.

Mitten in diese Versammlung platzt ein Schwesternmäuschen. Sie serviert erst der Oma fettfreie Kost und steht dann mit meinem Tablett unschlüssig in der zweiten Reihe. Ich wink sie ran und tret leicht gegen meinen Nachttisch, der einen Meter von mir wegflüchtet.

»Stellen Sie's ruhig hier ab.«

Sie huscht wieder raus und ich herrsch meine Gäste an.

»Ich möcht jetzt gern *in aller Ruhe* essen. Ist das möglich? Das ist doch offenbar für meine Genesung so immens wichtig. Dann würde ich das jetzt gern *allein* tun.«

Sie gehen wirklich. Meine Mutter haucht zwei Küsse neben meine Wangen, mein Vater drückt mich fest und ein bisschen verschämt. Die andern beiden Frauen nehmen keinen Körperkontakt auf. Das hätte auch gerade noch gefehlt.

Nach dem Schnappen des Türschlosses lupf ich den Deckel. Gemüsesorten aus aller Herren Länder schwimmen in einer farbenprächtigen Soße. Ich zieh die Nase hoch und spuck in den Teller. Nur damit ich später nicht auf die Idee komm, davon zu probieren. Dann knabber ich an der Scheibe Graubrot, die mitgeliefert wurde, und heul nicht. Ich überleg, ob ich nicht einfach abhauen kann. Zumindest zu dem DJ-Meeting. Ich könnt am späten Abend rausschleichen und am Morgen vor dem Frühstück wiederkommen.

Die Gallen-Oma würde garantiert nichts merken. Und sonst bestimmt auch niemand. Nach sieben Uhr abends ist hier auf der ganzen Station nämlich tote Hose. Aber irgendwie hab ich Schiss. Und außerdem hab ich nichts anzuziehen. Ich hab nur die Klamotten, die ich am Dienstag in der Schule mithatte. Eingeliefert wurd ich ja in Sportzeug. Das ist immerhin ganz praktisch. So kann ich tagsüber in meiner Jogginghose rumlaufen und schlurf nicht wie der Großteil der Leute im fiesen Bademantel über die Flure.

Ich träum mich aus dem Fenster. Cool wär es schon, wenn ich einfach rausspazieren würd. Das alles hinter mir lassen. Ich bin mir gar nicht sicher, was ich mit »alles« mein.

Die Maus kommt wieder rein, um die Tabletts abzuräumen. Schlau stellt sie fest, dass ich nichts gegessen hab.

»Stimmt. Bin in Hungerstreik getreten.« Kurz wisch ich mit der Bettdecke über mein Gesicht.

»Was?« Ihr kullern fast die Augen aus den Höhlen. Die Stimme quietscht.

»War ein Scherz. Ehrlich gesagt hat meine Ma mir selbst gebackenen Strudel mitgebracht. Danach war ich zu satt.«

Es ist mir scheißegal, ob sie mir glaubt. Klingt auf jeden Fall gut. So wie ein stimmiger Akkord. Wie ein gewaltiger alles sagender Schlussakkord.

Ich hätt jetzt gern Tasten unter meinen Fingern. Ich roll den Nachttisch zu mir her, schieb die Tischablage quer über das Bett und fang an, imaginäre Tasten zu drücken. Ich hör sogar, wenn die Finger den falschen Platz auf der weißen Platte berühren.

So oft hab ich das Klavier schon gehasst. Und mich trotzdem immer wieder rangeschlichen, vorsichtig den Deckel geöffnet. Ich mag es vor allem nicht, wenn mir jemand zuhört. Außer mein Vater. Aber der hört nicht wachsam die einzelnen Töne. Der hört das Ganze. Er lauert nicht wie meine Mutter auf den nächsten An-schlag. Und wenn eine Fliege durch das Musikzimmer schwirrt, wird ihr Summen zum guten Ton. Manchmal geht er hinter mir vorbei und legt mir ganz leicht eine Hand in den Nacken. Er ist Pianist. Er weiß, dass die Hand auf den Armen nur stören würde.

Seitdem Robert nicht mehr spielt, fühlt sich die Hand meines Vaters ein bisschen schwerer und trauri-ger an. Irgendwann hatte mein Bruder beschlossen, dass er lieber tanzen wolle. Ausgerechnet Tanz. Und meine Eltern haben es ihm echt erlaubt. Er tanzt geil. Letztes Jahr hab ich ihm bei einem Modern-Dance-Contest zugesehen. Unglaublich. Ich weiß nicht genau, was ein Irrwisch sein soll. Mein Bruder ist einer. Unglaublich. Er hatte nur eine Jeans an und ich war echt von seinem Body beeindruckt. Dabei wirkt er aber gar nicht arrogant oder wie ein Macho oder so. Eher wie ein kleiner, verschmitzter Junge, der nur Spaß will.

Ich will auch Spaß. Und hier imaginäre Tasten auf einer mittelalterlichen Nachttischkonsole zu drücken, macht definitiv keinen. Ich muss raus, mich bewegen, muss überlegen. In mir ist alles so dumpf. Im Foyer lauf ich Mia in die Arme.

»Bist du endlich frei? Super. Ich hatte schon Schiss, dass ich allein nach Altona muss.«

Sie hatte Schiss, dass *sie* allein hinmuss. Nicht dass ich noch im Krankenhaus bleiben muss. Es geht nur um *sie*.

»Fürchte, du musst mit Charlotte hin. Ich kann nicht.«

»Spinnst du? Wieso Charlotte? Ich geh mit dir.«

»Ach ja? Tja, ich bleib aber bis Montag hier. Scheint doch was Ernstes zu sein. Die Ärzte sind sehr besorgt.«

Mir fällt selbst auf, dass das total unlogisch ist. Wenn ich richtig krank wär, müsst ich ja wohl nicht nur bis Montag bleiben. Wie doof. Aber Mia merkt's gar nicht. Sie fasst mich panisch am Arm. Wir sind mittlerweile vor dem Krankenhaus angekommen.

»Nele, was ist los?«

Ich stutze. Mia hat Tränen in den Augen. Sie hat Angst. Um mich.

Ich setz mich auf eine Bank. Sie bleibt unschlüssig stehen. Ich hol tief Luft.

»Es stimmt nicht. Ich hab nichts. Trotzdem muss ich in diesem verfickten Krankenhaus bleiben. Meine Mutter verbreitet wieder ihre Magersucht-Hysterien und ich soll hier noch bis Montag gemästet werden.«

»So ein Scheiß.« Mia plumpst neben mich. Sie nimmt meine Hand.

»Kannst du nicht noch mal mit deinen Eltern reden? Oder mit den Ärzten?«

»Vergiss es.«

»Ich hatt mich schon so gefreut.«

Sie spricht mir aus der Seele. Ich spür ihre Hand in meinem Nacken. Ganz zart streichelt sie meinen Hals. Sie weiß genau, wie sehr ich dieses Fast-Kitzeln liebe. Gleichzeitig macht es mich so traurig. So stumm.

Mia muss heute Abend auf ihre kleine Schwester aufpassen. Ich hab also keinen Grund, neidisch zu sein, und leiste sogar Oma Galle bei »Wer wird Millionär?« Gesellschaft. Zwangsläufig. Die hat ihre Kopfhörer so laut, dass ich jedes Wort verstehe. Außerdem rät sie mit. Meistens falsch. Als sie um Viertel nach neun den Fernseher ausknipst und das Licht gleich auch, ist mir das nur recht. Ich starr auf das Stück Himmel zwischen den Vorhängen und denk mir einen Traum aus. Ich bin eine Art Jukebox für Träume. Hab die verschiedensten Spielfilme in mir. Je nach Laune wähl ich einen aus.

Wie ich nach dem Abitur eine Weltreise mach. Wie ich bei einer Castingshow entdeckt werd. Dass ich in einem riesigen Konzertsaal ein Konzert geb, und nach dem Schlussakkord herrscht für zwei, drei Sekunden ergriffenes Schweigen, eh sich alle begeistert zu Ovationen erheben. Ich hab für jede Stimmung das passende Drehbuch. Morgens ärger ich mich oft, wenn ich wieder mittendrin eingeschlafen bin.

Heute Nacht schlaf ich erst spät ein. Mir ist, als ob ich grad noch mit Nick an einem einsamen Strand gelegen hab, als der Morgen zusammen mit einer Schwester ins Zimmer kommt. Der Tag nimmt seinen Lauf. Ich versuch lange, ihn zu ignorieren. Roll mich unter der Decke zusammen. Kneif die Augen zu. Schling die Arme um mich. Als das Frühstück kommt, ergeb ich mich. Lustlos stopf ich irgendwas in mich rein, fühl mich fies, bin aber zu müde, um unter die Dusche zu gehen. Als plötzlich Paula in der Tür steht, ist mir das sofort peinlich. Ich seh in ihren Augen, dass ihre Gedanken stolpern. Ich lieg hier müffelnd mit fettigen Haaren und leerem Blick. Sie hat sich wieder gefangen und begrüßt mich nett. Paula ist ja immer nett. Sie wohnt neben uns, wir waren schon zusammen in der Grundschule, meine Mutter geht mit ihrer zum Nordicwalking und trotzdem werden wir nicht warm. Sie ist so glatt. So nett eben.

»Deine Ma hat mich gebeten, dich mal zu informieren, was wir die Woche so in der Penne gemacht haben.«

War klar, dass die nicht freiwillig hier ist.

»Mia war doch schon ein paarmal da.«

»Ach, dann weißt du bereits, was gelaufen ist?«

»Eigentlich nicht. Zeig mal.«

Sie kippt ihre ganze Tasche auf meinem Bett aus. In Mathe ist nichts gelaufen. Die Arbeit werd ich nächste Woche nachschreiben können. In Deutsch geht es um Gedichte von Rilke. Das ist gut. Von dem haben meine Eltern ein paar Bücher im Schrank stehen. In Englisch haben wir einen Text zum Umweltschutz diskutiert. Paula hat echt alle Arbeitsblätter für mich kopiert. Sie hechelt weiter durch Erziehungswissenschaften, Physik und Französisch. Fehlt nur noch, dass sie mir zeigt, was wir gestern in Sport gemacht haben.

Als sie endlich weg ist, verschwindet mein Bett unter den ganzen Zetteln. Ich les mich lustlos durch die englische Müllwirtschaft. Kein Problem. Hab letztes Jahr viele DVDs mit Robert im Original geguckt, weil er sich für England fit machen wollte. Aus Langeweile löse ich zwei Matheaufgaben. Ich mag Mathe. Da ist alles klar, logisch, einfach zu überprüfen und zu kontrollieren. Das Ergebnis ist richtig oder falsch. Schwarz oder weiß. Grau gibt's nicht.

In mir schon. Dunkle Wolken ziehen in mir auf. Ziehen immer schneller. Hängen immer tiefer. Paula hat alles Licht mitgenommen. Manchmal wär ich gern wie sie.

Ich muss irgendwas tun. Zieh mir nur einen Pulli über meinen fleckigen Schlafanzug. Beim Aufstehen fliegen die ganzen Zettel auf den Boden. Ich stürm zum Schwesternzimmer, verlang frischen Sprudel, am besten gleich zwei Flaschen. Ich bin kurz vorm Verdursten. Während ich warte und meine nackten Füße auf dem Boden frieren, fallen mir zum ersten Mal die andern Patienten auf. Alte Menschen meist, die mit wirren Frisuren und etwas wirrem Blick über den Gang schlurfen. Da wo kein Bademantel die Körper verhüllt, seh ich faltige Haut. Schlaffe Wangen über eingefallenen Mündern. Dicke Füße mit hornigen Zehen. Eine Gruselmannschaft zieht an mir vorbei. Schräg hinter mir löst sich ein Schatten von der Wand. Lars. Er hat mich anscheinend schon länger beobachtet, deutet meinen Blick wohl richtig.

»Es gibt zwei Möglichkeiten. Friss oder stirb. *Du* hast die Wahl.«

Er geht weiter, ohne eine Antwort abzuwarten.

Auf dem Zimmer trink ich die erste Flasche fast in einem Zug. Als könnt ich mit klarem Wasser die Bilder wegspülen. Direkt danach simse ich Mia an. Sie soll heute Nachmittag nicht kommen. Die würd direkt von hier aus nach Altona fahren, wär also schon richtig aufgestylt. Und würd *mich* hier zwischen dem sterbenden Faltengebirge zurücklassen. Da hab ich keinen Bock drauf.

Danach setz ich mich aufs Bett und wart aufs Mittagessen. Wenn das allein die Tür nach draußen öffnet, bitte. Und wenn ich mit 50 Kilo entlassen werde. Da bin ich schnell wieder von runter.

Nach einer Portion undefinierbarem Fisch samt matschigem Salat, den ich nur ganz mühsam drinbehalte, widme ich mich meinem persönlichen Wellnessprogramm. Ich dusch ewig lang, mal heiß, mal kalt. Wasch die Haare, kümmer mich um jeden einzelnen Fuß- und Fingernagel, peel meine Haut und beleg bestimmt zwei Stunden das Bad. Danach geh ich dreimal ums Krankenhaus. Ich brauch frische Luft, frische Gedanken. Die wollen nicht kommen. Tauchen nicht auf aus dem Sumpf von Wut und Enttäuschung. Ich fühl mich nur erschöpft. Mau und lau. Lass mich unten im Eingangsbereich in einen Sessel fallen. Ich hab keinen Bock zurück in meinen Mikrokosmos aus fahlem Fleisch.

In dem Kommen und Gehen entdeck ich Lars. Er verabschiedet sich grad von einem Mädchen. Verabschiedet sich sehr innig. Während er sie umarmt, wuselt er in ihren Haaren. Das sieht peinlich intim aus. Ich guck trotzdem nicht weg. Die Schnitte passt gar nicht zu dem bleichen Typen. Als er ihr nachschaut, fällt mein Blick nach innen.

Er lässt sich in den Sessel neben mir fallen, seine Wangen wirken noch hohler als sonst. Ich glaub, ich kann fast einzelne Zahnwurzeln nachzeichnen.

»Geile Schnecke, meine Schwester, was?« Er zeigt dem Mädchen hinterher. Wusste ich's doch. So eine ist 'ne Nummer zu groß für Lars.

»Wer's mag.« Ich inspizier meine Fingernägel. Meine Worte hängen im Raum. Ich muss noch was anfügen. Sagen, was ich denk.

»Hab ich mir schon gedacht, dass das nicht deine Freundin ist. Die sieht nicht aus, als würde sie schmalbrüstige Typen bevorzugen.«

»Schmalbrüstig? Das musst du gerade sagen.« Er

schaut völlig unverblümt auf die Stelle, wo er meinen Busen vermutet. Fies.

Ich verschränk die Arme, starr raus, wo sich mehrere Bademäntel um einen überquellenden Aschenbecher versammelt haben.

Er lächelt vorsichtig. »Wie sieht's aus? Heute Abend wieder Reklameraten? Oder hast du was Besseres vor?«

»Weiß noch nicht.« Ich guck ihn nicht an, seh nur aus den Augenwinkeln, wie er aufsteht.

Blödmann. Was soll ich hier vorhaben? Eigentlich wär ich genau jetzt auf dem Weg. Fünf Uhr. Mia und ich würden noch ein bisschen bei ihr abhängen, uns stylen und dann losschlendern. Jetzt häng ich hier ab. Zwischen Leuten, die sichtbar froh sind, dass der Zwangsbesuch weg ist, und sich wieder in ihre miefige Bettwäsche legen.

Ich muss ganz schnell hoch. Will nicht, dass mich hier irgendwer heulen sieht. Nehm die Treppe, zwei Stufen auf einmal. Versuch, schneller zu laufen als meine peinlichen Tränen. Unter der Decke ist es nicht viel besser. Das Bett ist kalt. Irgendwie riecht es komisch. Vielleicht hätt's ja doch schön werden können, wenn Mia gekommen wär. Vielleicht wär's doch gut, wenn hier mal irgendjemand richtig mit mir reden würd. Ich werd hier behandelt wie ein obskures Organ, in das oben was reinkommt, damit es unten wieder rauskommt. Ich roll mich ganz klein zusammen unter der Decke, zieh die Beine ganz eng an, such für mein Gesicht eine trockene Stelle und versuch, an nichts, nichts, nichts zu denken. Doch jetzt macht Oma einen Strich durch die Rechnung. Sie fängt an zu telefonieren. Und redet dabei so laut, dass sie sich selbst hören kann. Also sehr laut. Die Worte hallen durchs Zimmer, prallen ungebremst von den weißen Wänden ab, schallen durch mich hindurch.

Die Schwestern wären unfreundlich. Das Essen wär mager. Ihre Nachbarin würd bestimmt wieder die Blumen vertrocknen lassen. Alt-Frauen-Geschwätz in angefangenen und abgebrochenen Sätzen. Ich drück mir das Kissen auf den Kopf. Die Worte finden trotzdem einen Weg. Ich überleg, dass es wahrscheinlich effektiver wär, wenn ich *der Oma* das Kissen aufs Gesicht drückte. Würd meine Situation aber nur kurzfristig verbessern.

Plötzlich wird es still. Erschreckend still. Das Telefonat ist beendet. Der Wortschwall abgeschnitten. Ich guck vorsichtig raus und direkt in Omas wässrige Augen. Sie sitzt auf ihrem Bett und starrt in meine Richtung.

»Ach, Kindchen, Sie schlafen ja gar nicht. Das trifft sich. Könnten Sie mir wohl kurz den Rücken abreiben? Der juckt so.«

Sie zieht eine blaue Flasche aus ihrer Nachttischschublade, öffnet sie und sofort liegt Alkoholgeruch in der Luft. Oma Galle versucht tatsächlich, ihr Nachthemd hinten hochzuziehen, sitzt aber mit ihrem hängenden Hintern noch drauf.

Ich bin fassungslos. Meine Mutter würd mich nie um so was bitten. Der mittlerweile entblößte Rücken hebt sich kaum von der Bettwäsche ab. Ist genauso weiß, genauso knittrig und faltig.

»Ich kann das nicht.«

Langsam steh ich auf. Geh Richtung Tür.

»Ich hab einen Pilz an den Händen. Ganz ansteckend. Ich hol mal lieber 'ne Schwester.«

Eh Oma was sagen kann, bin ich weg.

»Die Frau bei mir auf dem Zimmer will eine Abreibung«, teil ich der erstbesten Schwester mit, die mir über den Weg läuft, und schließ mich danach auf der Besuchertoilette ein.

Ich muss mich fangen. Mich einsammeln. Ich bin in einen Film geraten, der überhaupt nicht nach meinem Geschmack ist. Weder Story noch Darsteller gefallen mir. Meine Rolle erst recht nicht. Ich stell mich vor den Spiegel. Guck ganz gerade in meine Augen. Red auf mich ein. Ich muss nur die Zeit überstehen.

Bis Montag.

Noch eine Nacht, einen Tag, eine Nacht.

Das schaff ich. Ich werd mich fügen. Ein braves Organ sein. Aus den Augen im Spiegel tropft es schon wieder.

»Nele, du bist stark«, flüstern meine Lippen. Es dauert ein bisschen, bis ich es glaube. Auf dem Weg zurück in mein Zimmer treff ich Lars.

»Um sieben steigt die Party. Sei bitte pünktlich«, weist er mich an.

Ich frag nicht, was der Scheiß soll. Ich ignorier ihn. Ich ignorier auch die Oma, die beleidigt in ihrem Bett liegt. Keine Ahnung, ob sie jetzt ihre Abreibung bekommen hat. Ich mach es mir mit meinem Tagebuch bequem. Kein Wort werd ich über dieses Krankenhaus schreiben. Nicht eine Silbe. Les lieber alte Eintragungen. Von den skurrilen Typen, die ich vor zwei Wochen beim Trampen kennengelernt hab. Die waren echt witzig, sind noch 'ne Runde durch die Innenstadt mit mir gecruist. Ich tauch ab in mein Leben, schieb zwischendurch brav eine Scheibe Brot ohne Schmierkäse rein und komm bei letztem Monat an. Da war der erste DJ-Contest. Nick hat aufgelegt und ich hab stundenlang getanzt. Ich war wie in Trance. Hab die Blicke gespürt und es genossen.

Fuck.

Hätt Mia nicht heute drauf verzichten können? Mein Dad hätt uns einen DVD-Player anschließen können. Vielleicht hätt Lars ja auch Lust gehabt. Was hatte dieser Lars eigentlich vorhin von einer Party gefaselt? Ein bisschen neugierig mach ich mich auf die Suche. Im Fernsehzimmer ist offenbar die Lampe durchgeknallt. Schummriges Licht fällt auf den Flur. Und mitten in dem Grau steht Lars. Vor sich auf dem Tisch hat er zwei große Teller. Ich bleib irritiert in der Tür stehen. Aus dem Fernseher kommt schlechte Samstagabend-Showmusik. Das Bild ist aber aus. Lars trägt dafür so Micky-Maus-Ohrwärmer auf dem Kopf. Er grinst mich an.

»Da bist du ja endlich. Der DJ-Contest hat gerade begonnen. Am Pult ist DJ Lars from Mars.«

Er fängt an, die Teller wie Platten zu drehen. Hält dabei den Kopf so schräg, wie es DJs immer tun, dazu ertönt RTL-Mucke. Ich muss total lachen. Er sieht aus wie ein Hund, der um Frolic bettelt.

»Übrigens cooles Outfit. Echt hip.«

Lars zeigt auf meine ausgeleierte Jogginghose und mein Schlabber-Sweatshirt.

»Deswegen komm ich ja so spät. Musste mich noch stylen.«

Ein Fernsehmoderator quatscht dazwischen. Lars macht ihn leiser.

»Okay, Fans, das war echt heiß. Zeit für 'ne Abkühlung, eh DJane Nölende Nele hier das Sagen hat.«

Er kommt um den Tisch auf mich zu und senkt seine Stimme: »Hey, Baby, wie wär's mit 'nem Drink an der Bar?«

Er zeigt zur Fensterbank, wo er eine Flasche Apfelsaft, einen O-Saft, Wasser und Cola deponiert hat.

Irgendwie find ich das wirklich süß von ihm. Ich bestell eine Apfelschorle und heb den Daumen.

»Echt abgefahrener Schuppen.«

Aus dem Fernseher kommt das nächste Lied. Offenbar irgendeine Chartshow zum Thema »Die schlechtesten Songs der letzten 30 Jahre«. Lars hält mir die Ohrwärmer hin.

»Hier, Nölende Nele. It's your turn.«

Ich will ihm den Spaß nicht verderben und dreh ein bisschen an den Tellern. Lars fängt wie wild an zu tanzen. Es sieht nach einem medizinischen Notfall aus. Jetzt fängt er an, unsichtbare Mädchen anzuquatschen. Ich steig ein und quatsch mit meinen Fans an den Turntables. Manche lass ich auch abblitzen.

»Was willst du? Einen Song von Grönemeyer? Das ist hier kein Wunschkonzert für Weltverbesserer. Der Nächste bitte.«

»Wie bitte? Ob ich Shakira spielen kann? Kann ich, will ich aber nicht. Die singende Gießkanne kommt nicht aus meinen Boxen.«

So langsam macht mir die Sache Spaß. DJ Lars from Mars ist wieder an der Reihe und ich tanz tatsächlich zu »Smoke on the Water«, der absoluten Altfelgenmusik. Aber hier kennt mich ja keiner.

Lars mutiert vom Tänzer zum Sänger. Mit einer leeren Wasserflasche in der Hand schmachtet er einen fiesen Kuschelrocksong mit. Ich muss kichern. Wenn uns jetzt einer entdeckt, kommen wir direkt in die geschlossene Abteilung. Auf Senderplatz 33 des Fernsehers find ich einen Music-Channel. Jetzt geht es hier richtig los. Beim Headbanging verlier ich die Ohrwärmer. Sie fallen direkt einer mürrischen Krankenschwester vor die Füße, die just die Tür geöffnet hat.

»Was ist denn hier los?«

»Oh, Entschuldigung, sind wir zu laut?«, säuselt Lars. »Aber wir proben hier für den nächsten bunten Abend der Krankenhaus-Theater-AG.«

»Dann macht das aber zumindest leiser, und dreht alle Glühbirnen wieder rein, wenn ihr fertig seid.«

Schon ist der Kittel wieder weg.

Wir drehen den Ton ein bisschen leiser, und nehmen noch einen Drink an der Fensterbank. Kurzfristig hatte ich echt den richtigen DJ-Abend vergessen. Ganz kurz. Jetzt ist die Luft raus.

Ich starr aus dem Fenster und seh nur mein Gesicht.

»Bin müde. Ich geh schlafen«, sag ich zu meinem Mund.

Lars sagt nichts, stellt sich auf einen Stuhl, um die Birnen wieder reinzudrehen. In dem hellen Licht sieht er fast durchsichtig aus. Als ich schon wieder in der Tür bin, fragt er noch nach meiner Handynummer. Falls wir uns morgen nicht mehr sehen. Ich schreib sie auf die Staubschicht auf dem Fernseher und kriech in meine Höhle.

Fünf SMS kriege ich in der Nacht. Titel von Songs, die DJ Lars für mich auflegt. Mit »Killing Me Softly With This Song« schlaf ich ein.

Meine Eltern kommen am Sonntag fast eine Stunde zu spät. Mein Bruder hat am Vormittag angerufen.

»Robert geht's nicht gut«, stellt meine Mutter bestürzt fest. Ich kann ihre Bestürzung verstehen. Diesen Satz hat es in unserer Familie noch nie gegeben. Irritation schiebt meine Wut zur Seite.

Mein Bruder macht ein Praktikum in einer großen Firma und sein Chef scheint ein totaler Tyrann zu sein. Offenbar schüttet er den deutschen Praktikanten mit Arbeit zu. Stundenlang muss Robert kopieren und Akten schreddern. Gestern musste er den Wagen vom Chef waschen.

»Es muss doch ganz klar geregelt sein, was zu einem solchen Praktikum gehört«, ist meine Meinung dazu. Meine Mutter will das gleich morgen mit der Vermittlungsorganisation regeln. Am liebsten würde sie wohl alle, die ihrem Liebsten was Böses wollen, mit einer Machete enthaupten. Mein Vater scheint besorgt und vor allem ratlos. Was meine Eltern von dem fast zwei-stündigen Telefonat wiedergeben, klingt gruselig. Fast noch schlimmer als sechs Tage Krankenhaus-Horror. Apropos.

»Können wir mal kurz über eure Tochter reden?«

»Süße, stimmt. Wie geht's dir denn?«, ereifert sich meine Ma.

»Prima. Wie seit Dienstagnachmittag. Deswegen will ich morgen früh spätestens um neun Uhr hier raus. Dann schaff ich es noch zur dritten Stunde. Vorher ist eh nur Philosophie. Da verpass ich nichts.«

Mein Antrag wird ohne jegliche Diskussion ange-nommen. Ich hatte schon befürchtet, dass ich noch ellenlange Abschlussuntersuchungen über mich erge-hen lassen müsse.

»Der Bericht wird uns sowieso zugeschickt. Das ha-ben wir schon mit dem Chefarzt vereinbart. Papa kann dich abholen und zur Schule bringen«, verfügt meine Ma.

Ich frag mich erstens, was in diesem Bericht wohl stehen wird – außer dass ich anwesend war –, und zwei-tens, was sie wohl noch alles mit irgendwelchen Ärzten hier bespricht. Das will ich jetzt aber gar nicht mehr wissen. Mia stürmt rein und ich verabschiede schnell meine Eltern.

Nick war nicht da gestern Abend. Das freut mich. Dann hab ich ihn nicht verpasst. Und das stört mich. Wo war er dann und wird er beim nächsten DJ-Treffen wieder auflegen? Mia gibt mir den Abend eins zu eins wieder. Wir brauchen dazu zwei Milchkaffee und zwei

Schorlen lang in der Cafeteria. Ich erzähl nichts von gestern Abend. Was auch? Dass ich Porzellanteller gedreht und mit Ohrwärmern Headbanging gemacht hab?

Ich fühl mich fast ein bisschen fremd, als ich am Montag zur großen Pause in die Schule komm. Als wär ich mindestens vier Wochen weg gewesen. Noch fremder ist es, zu Hause wieder in mein Zimmer zu kommen. Nicht grundlos. Da ist aufgeräumt worden. Dinge liegen am falschen Platz. Ich bekomm einen Wutflash. Es gibt eine klare Absprache. Ich putz mein Zimmer selbst, dafür hat hier keiner was hinter meinem Rücken zu suchen. Ich krieg die Krise. Irgendjemand hat geschnüffelt, in meinen Sachen gewühlt. Auch nach drei großen Runden durch den Park ist meine Wut nicht abgekühlt.

Meine Mutter ist sich natürlich keiner Schuld bewusst. Sie habe meine Abwesenheit nur nutzen wollen, um mal wieder richtig »Grund reinzubringen«.

»Mein Zimmer hatte einen Grund. Der Grund heißt Privatsphäre«, schrei ich sie an. Sie habe doch nur das Fenster geputzt und das Bett bezogen und in dem Zuge ein bisschen Ordnung geschafft.

Es hat überhaupt keinen Sinn, mit ihr zu reden. Niemals könnte sie einräumen, dass sie einen Fehler gemacht hat. Nach dem Abendessen erheb ich mich schnell.

»Mama, ich weiß, ich sollte jetzt eigentlich neben dir auf der Couch sitzen und Schokolade in mich reinstopfen. Aber ich muss nach oben, mich mit deiner Ordnung in meinem Zimmer vertraut machen.«

Am Dienstag, nach vier Runden durch den Park, trau ich mich. Ich stell mich auf die Waage. Und erschrecke. Der Krankenhausfraß hat mir echt anderthalb zusätzliche Kilos verschafft. Scheißdreck. Ich hatte schon das Gefühl, dass meine Lieblingsjeans kneift. Zieh sie trotzdem zum Geburtstagsmeeting bei Lisa an. Mit einem weiten Shirt drüber geht's. Lisa hat vor einem Jahr die Schule gewechselt, Mia und ich treffen uns dennoch weiter mit ihr. Lisa ist einfach superwitzig. Der Nachmittag auch. Mit fünf andern Mädels ziehen wir uns Spots auf »YouTube« rein. Lisas Pa hat dafür extra einen Beamer besorgt. Das absolute Kinofeeling. Als es in die Pizzeria geht, verabschiede ich mich. Das würd meine Jeans mir nicht verzeihen, außerdem steht morgen die Mathearbeit an. Da kann noch ein Blick ins Buch nicht schaden.

Irgendwie würde ich Lars jetzt gern meinen Song für ihn simsen. »Aber bitte mit Sahne.« Aber ich hab seine Handynummer nicht mehr. Gelöscht. Nichts soll mich noch an diese Scheißwoche erinnern.

Als Charlotte mich in der Pause anspricht, verschluck ich mich fast an meinem eigenen Atem. Ob ich nicht auch Lust hätt, heut Nachmittag mit zur Skaterhalle zu kommen. Natürlich hab ich Lust.

»Was passiert denn da?«, frag ich und beiß in meinen Apfel.

»Nichts Besonderes, aber das mit Spaß. Frag mal Mia, die war letzte Woche mit.«

»Mal sehen«, nuschel ich mit Apfel zwischen den Kiefern.

Von Charlotte gefragt zu werden, ist, wie auf der Gästeliste einer VIP-Party zu stehen. Natürlich könnte man auch ohne Einladung zur Skaterhalle kommen. Ist ja schließlich 'ne öffentliche Einrichtung. Aber jeder weiß eigentlich, dass das eine geschlossene Gesellschaft ist. Ich hab jetzt ein Ticket. Gehör dazu. YES!

Mias Augen werden so rund und groß wie Tischtennisbälle, als ich ihr in Deutsch zuflüster: »Ich komm heute Nachmittag mit zur Halle. Du gehst doch auch, oder?«

»Du?« Für die beiden Buchstaben braucht sie ungefähr zehn Sekunden.

»Klar. Ich geh einfach mit dir hin.«

Mia hat ein Problem. Sie war letzte Woche das erste Mal da. Die ungeschriebenen Regeln sagen eindeutig, sie ist selbst noch auf Bewährung. Das weiß sie. Das weiß ich. Aber sie will mir das nicht sagen müssen. Ich lass sie nicht lange zappeln.

»Charlotte hat mich gefragt.«

Ihr Blick wird erleichtert weich. »Super. Holst du mich um vier ab?«

Es wird dann doch fünf. Ich muss erst noch durch den Park rennen. Die neuen Pfunde liegen mir im Magen. Natürlich fällt es mir schwer, einfach so an der Küche vorbeizugehen. Meine Mutter hat gestern Abend extra noch Spinatlasagne gemacht. Sie weiß, dass ich die liebe. Aber ich weiß auch, was da drin ist. Das kurze Vergnügen ist es nicht wert. Ich versteh meine Ma ja. Leckeres Essen, ein gutes Glas Wein, Cappuccino mit dick Sahne drauf – das ist für sie wichtig. Das ist für sie Entspannung und Befriedigung. Für mich eben nicht. Das ist schwer für sie. Ich will sie nicht beleidigen, gönn mir ein paar Happen, wickel den Rest gabelweise in alte Zeitungen ein und stopf sie danach in die Altpapiertonne. Nach dem Joggen reichen mir eh eine Flasche Wasser und ein Joghurt.

Mia wartet schon ungeduldig vor der Haustür.

»Da bist du ja endlich. Los.«

Wir rennen zur U-Bahn und verlangsamen erst ein paar Meter vor der Halle unseren Schritt. Verfallen in ein Schlendern. Charlotte quatscht mit zwei älteren Typen, die ich nicht kenne. Wir setzen uns in ihre Nähe, tun vertraut.

Die relaxte Stimmung schwappt auf uns über. Das Rollen der Boards hat was Beruhigendes. Als Nick kommt, fall ich nicht sofort in ein Wachkoma, sondern hab nur einen Puls jenseits der 180. Ich tu einfach so, als würd ich weiter dem Skater neben mir zuhören, der mich volltextet.

Nach ein paar Minuten dreh ich mich zu Mia um und guck direkt in Nicks Augen. Keine Ahnung, wie lange der schon hinter mir auf der Bank sitzt.

»He. Das erste Mal hier?«

Ich bring nur ein »Mmmh« raus. Hab Angst, dass er mein Herz am Hals klopfen sieht.

»Gefällt's dir?«

Dieselbe Antwort. Meine Gedanken galoppieren. Ich muss jetzt was sagen. Sonst denkt er, ich bin total debil. Die Sekunden sind von lauter Stille. Nach gefühlten 30 Minuten sag ich nur: »Echt cool.«

Er grinst mich an. »Find ich auch.« Er zieht sein Board unter der Bank raus und ist schon oben auf der Rampe. Scheiße. Der fand mich bestimmt superdämlich. Ich schildere Mia den gesamten Dialog.

»Vielleicht fand er's auch gut, dass du so distanziert warst«, gibt sie zu bedenken und drückt mir meine Jacke in den Arm. »Komm, sonst verpassen wir unsere Bahn.«

Als wir schon fast um die Ecke sind, hör ich Nick: »Tschüs, Nele. Bis nächste Woche.«

Bis nächste Woche. Bis nächste Woche.

Er kennt meinen Namen.

Er will mich nächste Woche wiedersehen.

Irgendwas in meinem Bauch explodiert und schickt Sterne in alle Richtungen.

Als am Abend das Telefon klingelt, hab ich ganz kurz die Illusion, es könnte Nick sein. Nick, der sagt, er könne nicht bis nächste Woche warten.

Er ist es nicht. Es ist Mia, die kleinlaut zugibt, dass sie vergessen hat, mir von dem Referat über »Kommunikationsmodelle« zu erzählen. Das ich halten soll, und zwar übermorgen.

»Wann soll ich das denn bitte schön machen?«

»Es tut mir so leid. Ich kann dir ja morgen nach dem Volleyball helfen.«

»Vergiss es. Ich schaff das schon.«

Ich schnippel mir zwei Paprika klein, schließ mich in meinem Zimmer ein. Im Internet werd ich schon irgendwas finden. Den Traum von Nick schieb ich für später unters Kopfkissen. Nach zwei Stunden brummt mir der Schädel. Es gibt sieben Millionen Seiten über Kommunikationsmodelle. Fast alle sind unbrauchbar. Zur Abwechslung google ich mal »Magersucht«. Wer weiß, wo meine Mutter sich wieder informiert. Da muss ich mich schon mal wappnen. Der übliche Scheiß über Alarmzeichen und Kontrollzwang, erste Anzeichen und Therapien. Plötzlich leuchten tiefrote Buchstaben auf.

»Willst du uns bekehren?
Dann verpiss dich.
Willst du uns nur zusehen?
Dann verpiss dich.
Willst du uns belehren?
Verpiss dich schnell.
Glaubst du, du kennst uns?
Vergiss es.«

Ich weiß gar nicht, wie ich auf dieses »Mondnebel-Forum« gekommen bin. Irgendwas in mir wird wach. Hier reden Magersüchtige. Aber nicht als typische Selbsthilfegruppe. Es ist nicht dieses Wie-konnte-ich-nur-Gefasel. Es geht nicht um »Wie ich gerade noch dem Tod von der Schippe gesprungen bin«. Kein Psychofritze gibt verstaubte Tipps an Eltern und Freunde. Es gibt klare Worte. Klare Regeln. Wär auch was für mein Kommunikationsmodell.

Ich klick mich durch Gästebuch-Eintragungen. Eine »Fee« freut sich, bei Mondnebel endlich ein Zuhause gefunden zu haben. Ein Mädchen, das sich »Pusteblume« nennt, bittet um Hilfe. Sie sei total fett. Sie bräuchte dringend Hilfe. Sie sei 1,65 Meter groß und wiege fast 52 Kilo, komme davon aber nicht runter. Sie hat schon verschiedene Antworten bekommen. Diättipps. Brechanleitungen. Unter den Eintragungen ist auch »Ina«. Sie schreibt: »Geh. Du bist bei uns nicht richtig. Weniger ist mehr.«

Das ist echt krass. Allerdings, 52 Kilo bei der Größe ist ja auch schon ein Pfund. Die Homepage fasziniert mich. Leider kann ich die meisten Seiten nicht öffnen. Nur für Mitglieder. Schade. Ich google mich wieder durch »Kommunikation« und kopier mir ein paar Diagramme. Dazu kann ich morgen noch ein paar Absätze aus der Musiktheorie packen. Da gibt es nämlich ganz interessante Rede-Gegenrede-Echo-Kompositionen. Der Lange, unser Deutschlehrer, spielt selbst in einem Orchester – wie er mir schon hundertmal erzählt hat – und wird das lieben.

Ich überleg kurz, mich noch mal ans Klavier zu setzen, guck aber erst noch mal kurz beim Mondnebel vorbei. 87 User sind zurzeit online. Ich versuch, mir vorzustellen, wie die wohl aussehen. Ob ich auch weggeschickt würde? Ob ich dazugehören könnte? Ich lande bei der »Anmeldung«. Komische Fragen muss ich beantworten. Klar, Gewicht, Größe, Geschlecht. Auch ob ich zu den Jo-Jos gehör, die permanent zu- und wieder abnehmen, ob ich einen Freund/eine Freundin hab, ob ich tätowiert bin, Sex hab und so. Ein bisschen klopft echt mein Herz, als ich den Antrag wegschick. Vielleicht öffnet sich bald eine spannende Welt. Vielleicht bleibt die Tür zu. Pusteblume eben.

Die Stimme erkenn ich sofort. Charlotte klingt immer laut und ein bisschen beleidigt. Ich verbring die erste Fünfminutenpause auf der Toilette. Zum Frühstück hab ich einen Liter Tee getrunken, der will jetzt raus. Charlotte zündet sich in der Kabine nebenan eine Kippe an. Irgendjemand ist bei ihr. Vielleicht Jenny, die raucht auch. Charlotte lacht sich kaputt.

»Du hättest ihr Gesicht sehen sollen. Dieser anhimmelnde Rehblick. Gruselig. Aber Nick war süß wie Zuckerwatte.«

Sie zieht hörbar.

Nick? Ich bleib unhörbar hocken.

»Ich musste ihn gar nicht lang bitten. Seitdem ich Hannes in den Wind geschossen hab, ist er ganz willig. Du hättst ihn hören sollen.« Sie gluckst wieder und äfft ihn quietschig nach. »Tschüs, Nele, bis nächste Woche.«

Ich glaub, mein Herz fällt in die Kloschüssel. Nebenan landet eine Kippe zischend im Wasser.

»Die Arme überlegt bestimmt jetzt schon, was sie nächste Woche anzieht«, fügt die andere Stimme glucksend an.

»Was soll die schon anziehen? Irgendwas zwischen farb- und formlos. Wie immer«, sagt Charlotte vor dem Gong.

Ich komm zehn Minuten zu spät zur Stunde. Kann's gar nicht glauben. Wie betäubt sitz ich da, in mir hallen Worte, wollen sich nicht zu ganzen Sätzen formieren. Das Ende der Stunde bekomm ich zu spät mit. Geh als Letzte raus. Ich muss zu Mia. Sofort. Sie steht neben dem Cola-Automaten. Neben Charlotte. Ich dreh ab und geh raus auf den Schulhof. Meine Fingernägel krallen sich durch die Jeanstaschen in meine Beine. Nach vier langsamen Runden hab ich die Pause geschafft. Mia wartet vor dem Klassenraum auf mich.

»Wo warst du denn? Ich hab dich gesucht!«

»Ach ja? Ich wollte dich und Charlotte nicht stören.«

Sie guckt mich fassungslos an, tippt mit dem Zeigefinger auf meine Stirn. »Ist da irgendjemand zu Hause?«

Ich dreh mich einfach um, seh Paula.

»Hallo, Paula. Danke noch mal für deinen Besuch letzte Woche im Krankenhaus. Das war echt supernett.«

Mia sitzt schon, als ich mit Paula reinkomm, schüttelt kaum merklich den Kopf. Natürlich schickt sie mir sofort nach der Schule eine SMS. Ob wir heute Nachmittag was machen. Ich antworte kurz, dass ich keine Zeit hätte, weil ich mich schließlich auf das Referat vorbereiten müsse, und bearbeite das Klavier. Die Tasten ducken sich unter meinen Fingern. Der ganze Raum ist voll mit wütenden Akkorden, immer neu formieren sie sich in den Ecken. Nach einer Stunde bin ich völlig erschöpft. Mit meinem Laptop leg ich mich ins Bett. Ich hab eine E-Mail von Mondnebel.

»Hallo, Nele. Das klingt, als wärst du eine von uns. Willkommen in unserer Welt. Leg dir bitte einen Nickname für das Forum zu. Das Passwort bekommst du mit einer separaten Mail. Wenn du es an Dritte weitergibst, wirst du sofort ausgeschlossen. Ina.«

Ich freu mich total. Ich gehör dazu. Wie soll ich mich nennen? Ich muss gar nicht lange überlegen. Anna. Wegen des Buchs »Hallo, Mister Gott, hier spricht Anna«. Das lieb ich. Ich teil Ina mit, dass ich ab jetzt Anna heiß. Sie antwortet sofort.

»Guter Scherz. Wir sind hier schließlich alle Ana. Du brauchst einen anderen Namen.«

Ich versteh das nicht, widersprech aber auch nicht. Irgendwie muss ich an Lars denken. An Lars, den Eisbären. Eisbär ist gut. Schöne Tiere. Warm und kalt gleichzeitig. Stark und unnahbar. Das ist es.

Ich logge mich als Eisbär ein und bin mitten in einem Chat. Die »Fee« ist auch da. Ina spricht mich an.

»Willkommen im Klub. Am besten machst du dich zunächst mit unseren zehn goldenen Regeln vertraut. Und ganz nebenbei, das ist hier kein Kaffeeklatsch. Wir sind eine feste Community, und ich erwarte, dass du dich ab sofort täglich meldest.«

Die spinnt ja wohl. Was soll denn der Scheiß? Ist das hier Scientology, oder was? Ich pfeif auf die zehn Regeln und folg dem Chat. Ein »Nachtfalter« kotzt sich gerade über ihre Eltern aus.

»Sie raffen einfach nicht, dass ihre Ideale nicht meine sind. Ich bin gern dünn. Wär gern noch dünner. Möchte meine Ecken und Kanten sehen. Permanent halten sie mir Vorträge über Gesundheit und so. Ist Dicksein gesund?«

Ich versteh diesen Nachtfalter mit jeder Silbe. Das ist, was ich denke. Ich bin kein Verdauungsorgan auf zwei Beinen, das Fettschichten mit sich rumtragen will. Ich möcht mich selber modellieren. Nur ich kann wissen, wer ich bin und was zu mir gehört. Ich antworte dem Nachtfalter.

»Sie werden dich nie verstehen. Im schlimmsten Fall ist doch auch Neid dahinter, weil sie es nicht schaffen, ihre oberflächlichen Gelüste zu beherrschen. Stimm ihnen einfach zu. Und geh trotzdem deinen Weg. Bei mir klappt das.«

Ein anderes Mädchen namens »Engel« mischt sich noch ein. Erzählt ein bisschen von ihrer Geschichte. Das ist mir alles total vertraut. Dabei ist dieser Engel erst 13. Als ich auf die Uhr guck, ist es kurz vor fünf. Mist. Ich verabschiede mich und widme mich wieder dem Kommunikationsding. Auf eine schlechte Note morgen hab ich nämlich echt keinen Bock.

Der Lange ist wie erwartet ganz hingerissen von meinem Referat. Ich hab mit dem üblichen Sender-Empfänger-Gefasel angefangen, bin dann aber relativ schnell zur Musiktheorie übergegangen und hab ein paar Beispiele per CD vorgespielt. Das kostet schön viel Zeit. Erst gegen elf gestern Abend war ich mit den Vorbereitungen fertig. Ich selbst war auch fertig. Trotzdem hab ich noch mal kurz im Mondnebel vorbeigeschaut. Hab mich dann doch mit den goldenen

Regeln vertraut gemacht. Ganz schön heavy. Wer einen BMI über 18 hat, fliegt zum Beispiel raus. Ich find das krank. Es geht doch nicht um Untergewicht. Es geht um Wohlfühlen. Ich möcht gern in meiner Haut stecken. Sie bis in die letzte Faser und Zelle ausfüllen. Und die andern Zellen über Bord werfen. Immerhin hab ich noch einen guten Tipp von der Fee bekommen. Die scheint permanent online zu sein. Ich hatte ein bisschen gejammert, dass ich wieder mit meiner Ma shoppen muss. Das ist der Horror in Tüten. Jedes Mal ist sie schockiert über meine Klamottengröße, will dann plötzlich mit in die Umkleide. Dabei passt sie allein schon kaum ohne Schuhanzieher rein. Fee meinte nur lapidar: »Such dir was aus, was zwei Nummern zu groß ist, und bring es hinterher zu irgendeiner türkischen Schneiderin. Die machen dir da für 'n Fünfer zwei Nähte rein und schon passt der Fummel. Was soll deine Mutter sich über Dinge aufregen, die sie eh nicht versteht.«

In der zweiten großen Pause kann ich Mia nicht mehr ausweichen. Ich hab ewig lang meine Tasche eingeräumt, mir die Nase geputzt, eine SMS an Robert geschickt, bis alle aus der Klasse waren. Als ich in der Tür bin, steht Mia vor mir.

»Willst du zu mir?«

»Eigentlich nicht.« Ich versuch, mich an ihr vorbeizudrängeln. Sie macht sich breit. Breiter, als sie eh schon ist.

»Schade. Du erinnerst mich nämlich an meine ehemalige beste Freundin. Sie sah dir echt ähnlich. Aber die war nicht so abweisend. Irgendwie netter.«

»So nett wie Charlotte?«

»Nele, was soll dieses Charlotte-Gefasel die ganze Zeit? Ich hab echt keine Ahnung, wovon du redest.«

Ich geh wortlos an ihr vorbei Richtung Pausenhalle. Sie ist dicht hinter mir. Ich riech, dass sie gerade Leberwurst gegessen hat. Fast vorsätzlich bleib ich auf einmal stehen. Mia läuft wie erwartet auf.

»Deine neue Freundin macht sich lustig über mich.«

Das muss erst mal reichen. Von Nick sag ich noch nichts.

»Die spinnt wohl. Was bildet die sich ein? Ich red nie wieder mit der.«

Ich kenn Mia. Das ist nicht gespielt. Von der ersten Minute an konnte ich bei ihr auf den Boden ihrer Seele gucken. Wenn sie mich anlügt, seh ich sofort, dass sich der Boden krümmt. Ich bin froh.

»Erzähl doch. Was ist denn los?« Sie hält meine Hand.

Ich will nicht drüber reden. Charlotte ist hier irgendwo. Nick auch. Ich verabrede mich mit Mia für fünf Uhr in der Stadt. Dann kann sie mich von meiner einkaufswütigen Mutter erlösen.

Der Tipp funktioniert bestens. Ich nehm zwei Sweatys in S und eine Jeans in 27/33. Hoffe nur, dass die Jeans auch tatsächlich für 'nen Fünfer enger gemacht wird. Mia sitzt schon in der Eisdiele und ich schüttel meine Mutter ab.

Mias Urteil kommt schnell und ist unumstößlich: »Wenn Charlotte Nick auf dich hetzt, dann fürchtet sie dich. Also ahnt sie, dass Nick dich gut findet. Sie leidet unter Komplexen, seitdem sie nicht mehr mit Hannes zusammen ist. Wer weiß überhaupt, wer sich da getrennt hat. Die ist einfach doof.«

Bei Nick ist sich Mia nicht so sicher. »Entweder er ist genauso doof und nur eine Marionette von Charlotte. Oder er freut sich wirklich, dich nächste Woche wiederzusehen.«

Ich verzieh das Gesicht, und zwar nicht, weil ich die Zitrone aus meinem Wasser auslutsche. Mia will mir doch nur Hoffnungen machen. Ist ja nett von ihr. Aber unglaubwürdig.

»Wie findest *du* eigentlich Nick?«

Sie schlürft die letzte Luft aus ihrem Strohhalm.

»Klar, er sieht gut aus. Echt cooler Typ. Aber irgendwie auch ein bisschen entrückt, find ich.«

»Was meinst du mit entrückt?«

»Na ja, als würde er permanent 'ne andere Musik als andere hören. Meine Wellenlänge ist das halt nicht.«

Ich stutze.

»Meinst du so wie Tiere, die andere Farben sehen?«

»So ähnlich.«

Ich sag nichts dazu, aber mir gefällt die Vorstellung. Und ich glaub, dass ich dieselbe Melodie hören könnte, wenn Nick sie mir einmal vorsummte. Dass ich dieselben Farben ahnen könnte. Das sag ich Mia natürlich alles nicht. Sie plant eh gerade das Wochenende.

Am Samstag ist die nächste Geburtstagsparty. Nina

wird 15 und ihre Eltern räumen das Feld. Sonntag ist Power-Kino-Tag von acht bis acht, wobei wir die ersten beiden Streifen streichen. Für Freitag planen wir einen Beautyabend. Das ist immer total witzig. Mia hat ein eigenes Badezimmer, das wird dann zur Partyzone. Wir machen uns die abstrusesten Obst- und Gemüsecocktails, schälen wie verrückt Gurken, die wir wahlweise essen und uns aufs Gesicht oder auch mal auf den Bauch legen. Wir cremen uns stundenlang mit fettigen Lotions ein. Enthaaren die Beine und anderes und lassen dazu irre laut Musik laufen. Das ist gerade im Bad extrem geil. Meist kommt dann noch Mias Mama mit superfrischem Obstsalat oder mit Kräuterquark-Dips und zupft uns die Augenbrauen.

Es kommt sogar noch besser. Mias Mutter hat sich eine batteriebetriebene Massagebürste gekauft, mit der wir uns gegenseitig den Rücken abrubbeln. Wir hören erst auf, als die Batterie in die Knie geht.

Als ich nach der Schönheitssession neben Mia ins Bett falle, fühl ich mich wie ein wundes, wohliges Baby. Von dem ganzen Peeling und der Zupferei brennt die Haut, andererseits bin ich geölt und gecremt wie ein einbalsamierter Pharao. Ich bin schon fast abgerudert, als mir einfällt: Ich war den ganzen Tag nicht bei Mondnebel. Hab mich nicht gemeldet. Das ist ja eigentlich gegen die Regel. Ich frag mich kurz, was jetzt passiert. Ob ich wohl die Fee und den Nachtfalter nie wiedersehen werde. Aber eigentlich hab ich sie ja eh noch nie gesehen. Wer weiß, vielleicht stecken dahinter fettbäuchige Männer, die alles unterhalb des Bauchnabels nur vom Spiegelbild kennen.

Als ich am Samstagmorgen nach Hause komm, ist keiner da. Ich setz mich direkt an den Rechner, will im Mondnebel eintauchen. Nachdem ich mich eingeloggt hab, meldet sich Ina. Ich komm nicht in den Chat. Auf der Plattform sind nur wir beide.

»Wo warst du gestern?«

»Tut mir leid, dass ich nicht online war. Aber ich war bei einer Freundin.«

»So. Und dann habt ihr euch vor den Fernseher geknallt, Pizza in euch reingeschoben, Cola obendrauf gekippt und zum Nachtisch gab es Chips.«

»Nein. Gar nicht.«

Sie fällt mir ins geschriebene Wort.

»Wir sind kein Spaßklub. Ina ist auch die Abkürzung von Domina. Ich sag, wo es langgeht, weil wir alle mir wichtig sind. Ich dulde keine gelangweilten Besucher. Die mal eben mitchatten, dann wieder abtauchen. Wenn du zu uns gehören willst, musst du verlässlich sein. Wenn du uns verlassen willst, kannst du jetzt gehen. Bis morgen. Oder auch nicht.«

Ich bin raus. Heute komm ich nicht mehr in den Chat. Schade. Ich geh durchs Haus. Bleib unschlüssig vor dem Klavier stehen. In mir ist noch keine Melodie. Ich versuch ein paar Tasten. Denk an Mias Worte über Nick. Versuch zu spielen, was ich nicht hör. Schwierig. Manche Sequenzen klingen wild, manche zu vertraut.

Ich hab gar nicht mitgekriegt, dass mein Vater reingekommen ist. Er steigt mit ein. Ich liebe es, neben ihm zu spielen. Seinen linken Arm an meinem rechten zu spüren, ohne dass wir uns berühren. Wir improvisieren vor uns hin. Es klingt plötzlich richtig. Bis meine Mutter in der Tür steht und mit ihrem »Wir können jetzt essen« einen fiesen Schlussakkord setzt.

Bei jedem Bissen denk ich an Fee. An den Nachtfalter. Und an Ina. Mit schlechtem Gewissen löffel ich eine Kürbiscremesuppe, die ich eigentlich total gern ess. Mitten in das Klirren der Löffel klingelt das Telefon. Nach wenigen Lauten meiner Mutter in den Hörer weiß ich, dass sie mit Robert spricht. Ihre Suppe ist schon lange kalt, da spricht sie immer noch mit meinem Bruder. Ich räum leise ab, lausch dabei. Klingt nicht gut. Es fallen Sätze wie »Sollen Papa und ich kommen?« und »Jetzt wein doch nicht«. Ich schleich auf mein Zimmer. Mein Magen krampft sich zusammen. Ich will mir gar nicht vorstellen, dass Robert heult. Das passt doch überhaupt nicht. Und wenn er in dieser Welt nicht zurechtkommt, wie soll *ich* das jemals schaffen? Ich würd liebend gern den nächsten Flieger nehmen, um höchstpersönlich seine Sachen zu packen. Er soll wiederkommen. Er fehlt mir. Außerdem, wenn er jetzt hier wär, könnt er mich heute Abend von der Party abholen. So muss ich Papa bitten. Der nickt abwesend, als ich ihn frag, ob er mich um halb elf holt. Wieso hab ich nicht einfach halb zwölf gesagt?

Die Party ist wie erwartet witzig. Nina hat die wertvollsten Möbel und Accessoires in Sicherheit gebracht und es wird auf allen Ebenen getanzt. Keine Ahnung, woher sie die ganzen Leute kennt. Mia und ich helfen bei einem riesigen Bottich Käsesuppe. Irgendwer hat sich wohl mit den Gewürzen vertan. Das Ganze ist ungenießbar. Nina entsorgt das fiese Gebräu ins Klo und setzt damit die Gästetoilette total unter Wasser. Der übliche Partyhorror. Ein paar Typen haben die Sauna im Keller entdeckt und laufen nur mit Handtüchern um die Hüften durchs Haus. Die absoluten Hühnerbrüste. Mia und ich lachen uns halb schlapp. Wir streifen weiter durchs Haus und landen schließlich in einem superkitschigen Schlafzimmer. Offenbar das von Ninas Eltern. Wie von einer inneren Stimme gelenkt, wühl ich in einer Kommode. In der zweiten Schublade werd ich fündig. Ein unförmiger fleischfarbener Schlüpfer. Größe 44. Geil. Begeistert halt ich ihn hoch. Mia schaut mich irritiert an.

»Was willst du denn mit dem Monsterteil?«

»Das wirst du schon sehen.«

Sie folgt mir ins Erdgeschoss. Neben dem DJ-Pult find ich Charlotte. Wie praktisch. Kurzerhand dreh ich die Musik leiser und halt Charlotte den riesigen Schlüpfer hin.

»Hier, Größe 44, das müsste deiner sein, Charlotte, oder?«

Ein paar Leute lachen, manche sind stumm und starr. Ich grinse und dreh schnell die Musik wieder laut, ehe Charlotte was sagen kann. Sie hat wie aus einem Instinkt wirklich das Ding genommen. Hält es immer noch in der Hand. Ich schnapp mir Mia und draußen erst mal nach Luft. Das tat gut. Ich weiß, dass ich mir gerade eine Feindin auf Lebzeiten gemacht hab. Aber es musste sein. Schade, dass Nick nicht da ist.

Mein Vater kommt tatsächlich zu spät. Eine ganze Viertelstunde muss ich vor der Tür warten.

»Tut mir leid, Süße. Wir haben noch mal mit Robert telefoniert.«

Ich werd Robert gleich morgen früh eine Mail schreiben. Muss wissen, was wirklich los ist.

Vorher aber, direkt nach meiner großen Joggingrunde, teste ich, ob ich nun wieder in den Mondnebel komm.

Gott sei Dank. Um diese Uhrzeit ist es noch ziemlich leer im Chat. Ein »Tigerauge« erzählt, dass sie gerade vom Laufen kommt.

»Ich auch«, sprech ich sie an. »Die Luft ist super, was?«

»Absolut. Außerdem hab ich einen neuen Sound. Wenn du mir deine Mail-Adresse gibst, schick ich ihn dir als MP3.«

»Klar. Was ist es denn?«

»So eine Mischung aus Percussion und wie eine Art Herzklopfen. Der Hammer-Rhythmus. Dazu geht man echt ab.«

»Klingt nach einem satten Sound«, freu ich mich.

Tigerauge verabschiedet sich leider schon. Sie müsse sich noch mal hinlegen, habe die halbe Nacht auf dem Klo verbracht.

»Magen-Darm?«, frag ich.

»Nee. Hab gestern ein bisschen viel AMs einge-

schmissen. Hatte die totalen Krämpfe. Hat sich aber
gelohnt.«

»AMs?«

Es erscheint ein wild lachender Smiley.

»Du bist wohl noch nicht lange bei uns, was? AM ist
Abführmittel. Wenn du die aber noch nie genommen
hast, sei vorsichtig mit der Dosierung. Und denk dran:
Auch nach dem Laufen nichts trinken. Sonst bringt es
gar nichts.«

Ich schlucke. Nach dem Laufen nichts trinken? Die
spinnt doch. Ich verlass den Chat und schreib meine
Mail an Robert.

»He, Bert, was ist denn los bei dir? Sind die Tommys
echt so scheiße? Dann komm zurück. Das hast du doch
nicht nötig. Außerdem ist es hier total einsam ohne
dich und einen Fahrdienst hab ich auch nicht mehr. :)
Meld dich schnell. Deine Ernie.«

Früher sind wir auf Familienfesten sogar mit Ernie-und-
Bert-Sketchen aufgetreten. Robert ist einfach der Ver-
nünftige, der Alleswisser. Ich war immer die kichernde
Nervensäge. Manchmal bin ich das immer noch.

Zur U-Bahn muss ich gleich noch eine Joggingrunde
einlegen. Bin wie immer spät dran. Mia wartet schon,
mit Popcorn ausgestattet, vor der Tür. In jedem Kino ist
ein anderes Motto Trumpf. »Rocky« mit allen Folgen,
»Krieg der Sterne«, »Harry Potter« und Lovestorys. Wir
beginnen mit »Vier Hochzeiten und ein Todesfall«. Echt
schnarchig, vor allem zu Beginn. Bei »Rocky« sitzen nur

69

grölende Muscleshirt-Träger, die interessantesten Typen finden wir bei »Krieg der Sterne«. Da lernen wir sogar zwei Studis kennen, die uns am Mittag was von Burger King mitbringen. Wir picknicken auf deren Motorhaube. Echt cool. Ich nehm mir selbst das Versprechen ab, am Abend höchstens noch einen Apfel zu essen, und überleg, ob meine Ma wohl Abführmittel in ihrer Hausapotheke hat. Zum krönenden Abschluss läuft wie immer die »Rocky Horror Picture Show«. Das ist schon Kult und wir tanzen alle wie verrückt mit. Leider krieg ich eine volle Mehldusche ab und werd auf dem Weg nach Hause total schräg angeguckt. Ich bin kaum drin und hab mich abgestaubt, als das Telefon geht. Ich weiß genau, wer das ist. Mia. Sie findet den einen Burger-King-Typen total süß und will erst mal meine Meinung einholen. Ich find den indiskutabel. So ein Diskutierer. Aber Mia steht ja auf so Vielredner. Noch während ich ihr zuhöre, geh ich ins Netz. Robert hat geantwortet. Es klingt ein bisschen wirr. Er schreibt von den dunklen Wolken in England. Sie würden so tief hängen, dass sie manchmal schwer auf seinem Kopf lägen. Außerdem würden ihm so oft die Worte fehlen. Nicht die Vokabeln. Da seien Gedanken in ihm, die könne er nicht benennen. Nicht einfangen. Alle Dimensionen hätten ihre Richtung verloren und er selber schwebe irgendwo dazwischen.

Ich versteh kein Wort. Das ist nicht mein Bruder.

Als ich am Montag in die Klasse komm, liegt auf meinem Stuhl ein dickes Kissen. Darauf ein Zettel von

Charlotte. »Dein Knochengeklapper geht uns auf die Nerven.« Auf dem Tisch liegt eine Broschüre von einem Beerdigungsinstitut. Wie witzig. Der Neid der Fetten. Kann ich mit leben.

Der Nachmittag gehört dem Klavier. Um fünf kommt Frau Hadlich, meine Klavierlehrerin. Bis dahin muss ich noch eine Menge tun. Ich hab zu wenig gespielt und vor allem zu wenig geübt in den letzten Tagen. In drei Monaten soll ich mich an einem Klavierabend beteiligen, bis dahin ist es noch weit. Ich nutz die Zeit, bis meine Mutter aus dem Büro kommt. Schlimm genug, dass sie beim Unterricht immer in der Nähe rumscharwenzelt. Da brauch ich das vorher nicht auch noch. Ich kann mir ihr Gesicht bei jedem Missgriff vorstellen. Sie tut immer so, als würde ihr ein falscher Ton körperlich wehtun. Als hätte sie wirklich Ahnung von Musik. Gut, sie ist Tourneemanagerin – allerdings für ganz andere Genres. Wer eine drittklassige Schlagerdiva für einen Tombola-Abend buchen will, ist bei ihr an der richtigen Adresse. Irgendwie zehrt sie immer noch von den Zeiten, als sie mal eine irische Volkstanztruppe bei »Wetten, dass …?« unterbringen konnte. Danach war sie wohl auch mal mit der Kelly-Family auf Tour. Das ist allerdings Lichtjahre her. Die Kellys sind, glaub ich, mittlerweile alle von den Motten aufgefressen worden, die sie damals schon in ihren Pelzen hatten.

Die Hadlich ist erstaunlich unstreng. Lässt mir sogar zwei dicke Patzer durchgehen. Am liebsten würd ich noch mal extra danebengreifen. Aber es ist irgendwie nicht wichtig genug.

Erstaunt stell ich nach der Stunde fest, dass ich in den letzten 40 Minuten drei SMS von Mia gekriegt hab. Sie lauten: »Melde dich mal bitte!«, »Meld dich doch mal!!!«, »Meld dich SOFORT!«

Ich ruf umgehend an und muss mich erst mal setzen. Mia hat tatsächlich bei diesem Burger-King-Typen angerufen. Der hat ihr erzählt, wo er jobbt und dass er mit Vornamen Hubertus (!!!) heißt, und sie hat ihn per Google gefunden. Und angerufen. Die ist wahnsinnig.

Das teil ich ihr mit. Sie stöhnt.

»Ich weiß. Er war nach dem ersten Klingeln dran. Da hatt ich gar nicht mit gerechnet. Ich wusste eigentlich überhaupt nicht, was ich sagen sollte.«

»Hast du wieder aufgelegt?«

»Nee, ich hab gesagt, dass ich morgen zu Burger King will und ob *ich* ihm diesmal was mitbringen soll.«

Die Frau ist definitiv wahnsinnig.

»Und ich soll.«

»Was???«

»So einen Doppel-Dings und eine große Coke.«

Meine allerbeste Freundin hat tatsächlich vor, morgen zu einem Typen zu gehen, den sie gestern im Kino kennengelernt hat und der schon 18 ist. Blöder geht's nicht. Sie beruhigt mich.

»Das mach ich natürlich nicht. Wir haben uns im Park am Denkmal verabredet. Kannst du nicht mitkommen?«

»No way. Ich kann niemanden angucken, der Hubertus heißt.«

»Stimmt, das ist echt krass.«

Dann listet Mia allerdings auf, was sie alles nicht krass an dem Typen findet, sondern total süß. Das dauert bis sieben Uhr. Hubsi-Pupsi geht mir schon jetzt auf den Nerv. Ich schieb die noch unerledigten Hausaufgaben vor und beende das Telefonat. Wie es *mir* so geht, hat Mia kein einziges Mal gefragt. Scheint wohl nicht interessant zu sein.

Durch das Fenster seh ich meinen Vater im Garten werkeln. Er ist heute früher von der Akademie nach Hause gekommen. Er gibt da nur noch wenige Seminare, kümmert sich lieber um seine Blumen. Der Sommer ist schon auf der Zielgeraden. Mein Vater sammelt Verblühtes ein. Keine Lust, ihm zu helfen. Ich mag die Sonne nicht, lass mir lieber Badewasser ein. Scheißidee. Das Schaumbad ist fast leer. Ich lieg noch nicht im Wasser, da hat sich der Schaum schon wieder in Luft aufgelöst. Bleich und blass liegt mein aufgeschwemmter Körper da. Wenn ich sitz und die Beine anzieh, schwabbeln die Waden. Der Bauch wölbt sich. Wenn ich mich zurücklehne, schwimmt mein Busen wabbelig an der Wasseroberfläche. Ich trockne mich schnell ab und fang an, den Badezimmerschrank zu durchwühlen. Ganz unten werd ich fündig. »Abführende Tropfen bei Völlegefühl und Darmträgheit.«

Völlegefühl – das kann man wohl sagen. Das Haltbarkeitsdatum ist letzten Monat abgelaufen. Wird wohl nicht so schlimm sein. Ich halt mir die Flasche in den offenen Mund, zähl im Spiegel zehn Tropfen ab und versprech mir, heute nichts mehr zu trinken. Keine

Ahnung, warum das bei AMs so schlimm sein soll. Aber irgendwas wird wohl dran sein. Tigerauge wird schon wissen, was sie sagt. Vielleicht treff ich sie nachher im Chat. Dann kann ich sie ja mal fragen.

Den Abend vertreib ich mir mit Hausaufgaben. Hab keine Lust, mir durch den Krankenhausstopp meinen Schnitt zu versauen. Zum Abendessen versucht meine Mutter ihren alten Trick. Es gibt eine riesige Salatschüssel. Sie weiß, dass ich Salat liebe. Und ich weiß, dass sie da heimlich Sahne ans Dressing tut. Fette, flüssige Sahne. Ich weiß gar nicht, was das soll. Wie jedes Mal nehm ich dann meinen Teller, sag: »Ich streue mir noch ein paar Pinienkerne drüber«, verschwinde in der Küche und spül erst mal alles ab. Jede einzelne Gurkenscheibe ist mit einer hauchdünnen fettigen Schicht überzogen. Nach dem Anblick in der Badewanne ist das das Allerletzte, was ich heute noch brauch.

Im Mondnebel sind nur Mädels, die ich nicht kenne. Ich les bloß ein bisschen mit, träum mich zwischendurch aus dem Fenster, denk an Nick und irgendwas sticht in mir. Um kurz vor zehn sticht es nicht mehr nur, wenn ich an Nick denk. Irgendwas in meinem Bauch rebelliert. Als hätt ich Rasierklingen verschluckt. Um elf bin ich kurz davor, meine Mutter zu wecken. Übelste Krämpfe wringen meinen Darm aus. Ich war schon zweimal kacken. Es tut so weh. Mein Darm will sich offenbar selbst ausscheiden. Vielleicht sollte ich jetzt was trinken. Vielleicht wird es aber auch nur noch schlimmer dadurch.

Um kurz vor fünf wach ich vor dem Klo auf. Kann

mich erinnern, dass ich mich kurz hier hingelegt hab, als die Krämpfe zu schlimm wurden. Ich geh in mein Bett. Auf meiner Haut liegt kalter Schweiß. Immerhin, gut ein Kilo hat mir diese Horrornacht gebracht. Öfter muss ich das aber nicht haben.

Mia kommt erst zur dritten Stunde. Sie war vorher noch beim Friseur. Und das für Hubertus!

»Ich wette mit dir, der Typ wechselt noch nicht mal die Socken für dich. Sind bestimmt noch dieselben wie am Sonntag«, sag ich und lach.

Sie kitzelt mich unter den Rippen, stockt.

»Nele, hast du schon wieder abgenommen?«

»Bisschen.«

»Hör auf damit. Ich krieg langsam Depressionen neben dir. Je dünner du wirst, desto fetter wirk ich.«

»Spinn nicht rum. Ich hab nur andere Problemzonen.«

Vielleicht sollt ich Mia mal sagen, dass ich sie wirklich ein bisschen moppelig finde. Muss ich das nicht sogar als gute Freundin? Oder darf ich das als Freundin gerade nicht? Heut wär auf jeden Fall der denkbar schlechteste Zeitpunkt für Kritik. Mia pendelt zwischen Hysterie und Euphorie. Entscheidet plötzlich, dass sie ohne mich zu diesem Date gar nicht gehen will, überlegt sich dann plötzlich, dass sie einen ganz tollen Picknickkorb packen wird, um diesen Hubertus zu überraschen.

Wir vereinbaren schließlich, dass ich heute Nachmittag meine Joggingrunde durch den Park dreh und Mia vielleicht doch den kitschigen Rotkäppchenkorb zu

Hause lässt. Ich hoff nur, dass sich mein Bauch bis heut Nachmittag beruhigt hat. Immer mal wieder krampft sich irgendwas fies zusammen und nimmt mir kurzfristig die Luft. Als ich das Tigerauge berichte, die mittags wieder im Chat ist, lacht sie tonlos.

»Kenn ich. Hast du wohl ein bisschen überdosiert. Am Anfang wollte ich auch zu viel. Nimm lieber weniger, dafür aber regelmäßig.«

»Und darf ich echt nichts trinken danach?«

»Dürfen schon. Aber dann ist es einfach nicht so effektiv. Und du willst ja schließlich nicht nur verdauen, oder?«

Sie hat recht. Sicherheitshalber hol ich mir in der Drogerie aber ein neues Abführmittel. Die Tropfen von meiner Ma waren vielleicht einfach schon schlecht. In dem Regal find ich noch mehr Interessantes. Kleine Briketts gegen Hunger. Die werden einfach geschluckt, quellen im Magen riesig auf und verbreiten Sättigungsgefühl. Genau das, was ich brauche.

Durch meinen kleinen Shopping-Ausflug komm ich zu spät in den Park. Dabei renn ich schon wie verrückt. Mia und Hubertus sind nicht am Denkmal, wo sie verabredet waren. Ich lauf weiter zu der Fußballwiese, runter zum See, alle Alleen ab. Nichts. Ich krieg Angst. Wie saublöd von Mia. Da trifft sie sich mit einem Typen, den sie nicht die Bohne kennt, allein im Park. Der hat sie bestimmt schon in den Opel von seinem Vater gezerrt und ist mit ihr zu einsameren Orten unterwegs. Mir wird eiskalt, obwohl ich renn. Kalt von innen. Vielleicht sollt ich die Polizei rufen. Vielleicht sind die beiden aber auch einfach nur in die Stadt gegangen. Dann wär es ziemlich peinlich, wenn Mia mit Blaulicht gesucht würd. Ich renn weiter quer über den Kinderspielplatz zurück zum Denkmal. Mein Kloß im Hals ist groß wie eine Grapefruit. Und da sitzen sie. In trauter Zweisamkeit mit einem fetten Eis in der Hand. Mia hat noch ein bisschen Sahne im Mundwinkel. Ich bleib abrupt vor ihr stehen, hab die totalen Seitenstiche.

»Da bist du ja«, hechel ich.

»Ach, hallo, Nele. So 'n Zufall. Das ist Hubertus, erinnerst du dich? Haben wir am Sonntag kennengelernt.«

»Ich erinner mich. Wart ihr die ganze Zeit hier?«

»Nee, zwischendurch mal kurz zu der Eisdiele, wie du siehst.«

Sie hält mir ihre 4000 Kalorien entgegen.

»Wenn du meinst, dass du dir das erlauben kannst. Schönen Tag noch.«

Ich zwing meine Beine wieder zum Laufen. Spür brennend Mias Blick zwischen meinen Schulterblättern. Mir doch egal.

Sie ruft nicht an am Abend. Schreibt auch keine SMS. Ich hab ein schlechtes Gewissen. Es war schon spät, als ich aus dem Park zu Hause war. Es wird immer früher dunkel. Vielleicht hätt ich sie nicht allein lassen sollen. Aber eigentlich ist sie alt genug. Und dieser Hubertus sah auch eher aus, als würd er angefahrene Hasen von der Straße tragen, um sie wiederzubeleben. Nicht der typische Triebtäter. Obwohl, das sollen ja die Schlimmsten sein. Bestimmt ist Mia längst zu Hause, hat den Bauch nicht nur voller Eis, sondern auch noch voller Schmetterlinge.

Ich schieb die Gedanken weg, chatte noch ein bisschen und probier meine neuen Briketts aus. Die sind so trocken, dass ich sie mühsam runterwürgen muss. Ich bin nicht plötzlich satt. Wahrscheinlich quellen die nur wie ein Tampon auf, wenn man ordentlich Wasser draufkippt. Dann brauch ich aber meine neuen Abführmittel überhaupt nicht einzuwerfen. Rausgeschmissenes Geld. Fuck. Ich brauch einen Plan. Nach einer halben Stunde hab ich den Überblick: Morgens ess ich ein Müsli mit Wasser plus diese Tampon-Briketts, in der Schule einen kleinen Apfel oder so was, mittags so wenig wie irgendwie geht von dem, was meine Ma mir auftischt, plus Briketts. Am Abend ein Brot mit Käse ohne Butter und eine Tomate oder ein Stück Gurke. Dazu die Abführdinger. Nach 18 Uhr wird nichts mehr gegessen und so wenig wie möglich getrunken. Bis zum Ende der Ferien, die schon am Freitag beginnen, will ich konstant auf 45 Kilo sein. Höchstens. Besser noch einen Tacken drunter, damit mir unvorhersehbare Kalorien nicht so aufs Gewissen schlagen. Und wenn ich das geschafft hab, geht es eh nur noch ums Halten. Das wird nicht mehr so schwer.

45. Das klingt gut. Eine gute Zahl einfach. Es ist ja nicht mehr so viel, was runtermuss. Aber an den entscheidenden Stellen sieht man's eben doch. Da ist jedes

Gramm zu viel einfach extrem präsent. Mein neuer Plan macht mich so übermütig, dass ich den ersten Schritt unternehm. Ich schick Mia 'ne SMS.

»Bist du gut zu Hause angekommen? Mach mir ein bisschen Sorgen! Und wie war er???«

Sie antwortet spontan.

»Bin wohlbehalten zu Hause.«

»Und????«

Nichts. Sie antwortet nicht. Ja, ich weiß, der Spruch war nicht so toll. Aber meine Güte. Jetzt stellt sie sich echt ein bisschen an.

Mein Handy klingelt. Aber es ist Robert.

»Hallo, Bert, hier spricht Ernie«, meld ich mich und häng das typische Lachen an.

Ich hör ihn auch kurz auflachen.

»He, du. Schön, dich zu hören. Wollte mich mal eben bei dir melden und dir offiziell mitteilen, dass du dir keine Sorgen um deinen großen Bruder machen musst. Es geht wieder bergauf.«

»Einfach so? Oder gibt's einen Grund? Vielleicht sogar einen Grund mit Minirock und käsig blassen Beinen? Oder sehen Engländerinnen etwa nicht so aus?«

»Ehrlich gesagt schon. Der Grund ist wilder. Ich tanze wieder. Hab hier eine ziemlich professionelle Company aufgetan. Da kann ich vernünftig trainieren und auch meinen Frust ablassen. Mit ein paar von der Truppe habe ich mich auch schon so getroffen. Die sind echt nett. Außerdem mische ich bei so einem Basketballteam ab und zu mit. Ist 'ne ambitionierte Mannschaft. Macht echt Spaß. Und von meinem Chef lass ich mich einfach nicht mehr nerven. Das lasse ich abperlen.«

Ich bin richtig erleichtert. Ein verzweifelter, gar heulender Robert, das wär nicht auszuhalten. Das hier ist wieder mein großer Bruder.

»Wie geht's dir denn? Hast uns alle ziemlich geschockt mit deinem Umfaller.«

»Halb so wild. War ein kleiner Aussetzer. Hab wieder Oberwasser. Ma ist halt noch ein bisschen hypersensibel. Das legt sich auch wieder.«

Er erzählt mir noch ein bisschen von seinem Job, lustige Anekdoten von unmöglichen Typen. Und von seinem Nachbarn, der original wie Mr Bean aussehen soll. Außerdem wär er schon dreimal fast überfahren worden, weil er am Straßenrand immer zuerst in die falsche Richtung guckt. Besonders gern äßen die Engländer ekelhafte Essigchips, die schon durch den Geruch eine freie Nase machen. Es tut so gut, meinen Robert wieder zu hören.

Mia kommt zu spät zur Schule. Das macht sie doch extra. Will nicht mit mir reden. Mit dem Gong steht sie auf, geht noch vor dem Lehrer raus. Beleidigt ist Mia echt ätzend. Ich geh hinterher, treff sie auf dem Klo.

»He. Wie geht's so?«, frag ich ihr Spiegelbild. Meine Stimme ist irgendwie ein bisschen wacklig.

»Prima. Wollte gerade kotzen, um ein paar Gramm abzunehmen.«

Damit lässt sie mich stehen. Als die Tür ins Schloss fällt, fühlt sich das wie ein Schlag ins Gesicht an. Während der großen Pausen hock ich mich an den Rand des Bolzplatzes. Die Kurzen kicken hier und keiner spricht mich an.

Ja, es war scheiße von mir. Ich hab Mia total gekränkt mit meiner Bemerkung. Aber ich war einfach so scheißwütend. Hatte so eine Angst. Jetzt macht sich eine neue Angst in mir breit. Was, wenn Mia mir wirklich die Freundschaft kündigt? Dann wird es sehr einsam um mich. Ohne sie und ohne Robert wird die Luft dünn. Als ich aufspring, um einem abgefälschten Schuss auszuweichen, wird mir sofort schwarz vor Augen. Helle Sterne tanzen vor dem dunklen Hintergrund. Der Boden unter mir neigt sich. Nicht schon wieder. Bitte nicht schon wieder. Ich torkel gegen einen Blumenkübel, versuch, tief durchzuatmen. Eine Hand krallt sich in die feuchte Erde. Nach vier, fünf Atemzügen geht's wieder. Auf dem Klo trink ich ungefähr einen Liter aus dem Hahn. Fast wär ich zu spät zu Musik gekommen. Das hätt mich echt geärgert.

Als ich nach Hause komm, wartet nur ein Zettel auf mich. Mein Mittagessen sei in der Mikrowelle, meine Ma musste kurzfristig zu einem Meeting. Beide können von mir aus bleiben, wo sie sind. Im Chat treff ich den Nachtfalter. Ich erzähl ihr sofort von Mia, mir, meiner fiesen Bemerkung und wie kacke ich mich fühl. Ihre Antwort ist merkwürdig. Eigentlich könne nur Ana eine Freundin von Ana sein. Niemand sonst.

»Was soll das eigentlich mit dieser Ana?«, frag ich zurück.

»Ich bin Ana, du bist Ana. Eigentlich heißen wir alle Anorexia nervosa. Das ist die korrekte Bezeichnung von Magersucht. Klingt aber ein bisschen steif, oder? Ana ist weicher, zärtlicher.«

»Tut mir leid, ich hab keine Magersucht. Fang du jetzt nicht auch noch an.«

»Nenn es, wie du willst. Schau einfach deinem Spiegelbild in die Augen und such dich. Und wenn du dich gefunden hast, sind wir schon da.«

Toll, das hilft mir herzlich wenig.

Ich nehm mir die Schulbücher vor, fang mit Französisch an. Die Vokabeln, die ich gestern gelernt hab, sind schon wieder weg. Ich versuch, mich zu konzentrieren. Es ist, als hätt ich keine Speicherkapazitäten mehr in meinem Hirn. Alles schon belegt. In Mathe hab ich heut auch so einen blöden Fehler gemacht. Und das an der Tafel. Ausgerechnet Mathe. In letzter Zeit geht mir die Schule echt nicht mehr so leicht von der Hand. Ich sag die Vokabeln laut vor mich hin, versuch jedes einzelne Wort Silbe für Silbe. Meine Gedanken schweifen immer wieder ab.

Wer weiß, vielleicht hat Mia ja den Streit provoziert. Vielleicht will sie ja beleidigt sein, dann hätte sie einen Grund, unsern Urlaub abzusagen. Mir wird heiß. Freitag beginnen die Herbstferien und am Montag wollten wir durchstarten zu ihrer Tante nach München. Mit dem Zug quer durch Deutschland, von ganz oben nach ganz unten. Allein schon auf die Fahrt hatten wir uns tierisch gefreut. Und auf München. Mia war vor zwei Jahren mal da und fand es einfach nur geil. Ihre Tante ist noch ziemlich jung und nimmt alles nicht so genau. Vier Tage wollten wir dableiben und hatten schon ein tolles Programm erarbeitet. Shoppen, Englischer Garten, Ausflug zum Starnberger See und so. Das Wetter ist noch okay. In München ist es bestimmt noch ein bisschen besser wegen Süden und so.

Vielleicht will Mia ja gar nicht mehr mit mir hin. Vielleicht will sie wegen ihres Pupsi-Hubsis jetzt hierbleiben. Und ich soll mich auch noch scheiße fühlen dafür. Das könnte ihr so passen. Wieso hab ich keine Verwandten in aufregenden Städten? Ich hab eine Tante Agnes auf dem allerletzten Bauernhof im allerletzten Örtchen vom Niemandsland und noch eine Tante in der tiefsten Ex-DDR. Superöde.

Ich könnte Robert besuchen.

Das ist es.

Die Idee berauscht mich in Bruchteilen von Sekunden. Ma und Pa könnten mich hier am Flugzeug abgeben, Robert nimmt mich drüben in Empfang – dann sind alle beruhigt und ich lern Mr Bean kennen und die fiesen Essigchips. Außerdem könnt ich mal gucken, wie es Robert wirklich geht. Das würd meine Eltern sicher auch beruhigen. Wo sie doch selbst keine Zeit haben.

Erst kurz vor vier. Vor fünf ist meine Mutter nicht zu Hause. Wann mein Vater kommt, weiß man nie so genau. Ich will das aber jetzt sofort mit ihnen besprechen.

Sofort die Zusage. Ich werf das Französischbuch auf den Boden, hol das Englischbuch raus. Außerdem könnte ich meinen Eltern erklären, dass es für meine Englischkenntnisse bestimmt super ist, wenn ich mal eine Woche nur unter native speakern bin.

Erst halb fünf.

Das dauert mir alles zu lange. Kurzerhand setz ich mich in die Bahn, fahr zur Musik-Akademie. Eh besser, wenn ich mir erst das Ja von meinem Dad abhol. Wenn ich das schon mal im Sack hab, stimmt meine Mutter bestimmt schneller zu. Wenn mein Vater nicht in seinem Büro ist, ist er im Flügel-Zimmer. Schon von Weitem hör ich intensive Tonfolgen, die sich mal vorsichtig, mal pulsierend jagen. Das kann nur mein Dad sein. Ich öffne die Tür. Mit einem fernen Blick guckt er mich an. Seine Augen sehen nur noch die Musik. Neben ihm sitzt eine junge Frau. Studentin wahrscheinlich. Sie haben vierhändig gespielt.

Ich hab während einer Jugendfreizeit mal einen Eimer kaltes Wasser über den Kopf gekriegt. Das Gefühl fällt mir wieder ein. Die Studentin ist hier falsch. Da muss ich sitzen. Ich weiß ja, dass das albern ist. Es fühlt sich aber nicht albern an.

»Nele, was machst du denn hier? Das ist aber eine nette Überraschung. Hast du uns gehört? Hat es dir gefallen?«

»Klang gut. Ein bisschen zu pulsierend vielleicht.«

»Gutes Gehör.«

Er nickt und schließt das Instrument.

»Bis nächste Woche, Nadja.«

Die Frau geht. Hätte mich ja auch mal grüßen können.

»Komm, wir fahren nach Hause.« Er legt seinen Arm um mich, bleibt abrupt stehen. »Oder sollen wir in der Stadt eine Kleinigkeit essen? Um die Ecke ist ein neuer Grieche.«

»Lass uns lieber heimfahren. Mama wartet bestimmt schon.«

»Hilfe, was bist du für eine brave Tochter.«

Ich bin hin- und hergerissen. Bei einem leckeren Souflaki könnt ich ihm wahrscheinlich schneller ein Ja für meinen London-Tripp abringen. Aber die griechische Küche ist so eklig. Ich glaub, man nimmt schon zu, wenn man die speckige Speisekarte in der Hand hält. Ich geb mir einen Ruck. London ist wichtiger.

»Okay, dann zum Griechen. Eh du unterwegs einen Schwächeanfall bekommst.«

Der blöde Kellner hat entgegen meiner Anweisung doch ein öliges Dressing über meinen Salat gekippt. Mein Vater isst die Pommes zu seinem Souflaki mit der Hand. Ich ignorier das alles, mach erst mal auf gut Wetter.

»War das eine deiner Studentinnen? Die wirkte ja ganz motiviert.«

»Absolut. Nadja ist wirklich talentiert. Fast wie du.«

Das ignorier ich auch.

»Habt ihr in den letzten Tagen mal was von Robert gehört? Ich mach mir echt Sorgen.«

»Wir auch. Er scheint sich aber stabilisiert zu haben. Natürlich ist das eine immense Umstellung für ihn.

Ganz allein in einem fremden Land. Ohne Familie. Ohne Freunde. Aber er wird sich schon durchbeißen. Du kennst doch Robert.«

»Ich hab eine Mail von ihm bekommen.«

»Und?«

»Er klang ziemlich wirr.«

Ich hol ganz tief Luft. Jetzt.

»Papa, ich hab mir überlegt, dass es vielleicht gut wär, wenn ich Robert in den Ferien besuche. Dafür würd ich auch meinen Trip mit Mia nach München absagen. Ihr könntet mich hier zum Flughafen bringen. Robert holt mich in London ab, ich wohn ein paar Tage bei ihm. Dann hat er mal jemanden zum Quatschen, und ich könnt gucken, wie es ihm wirklich geht.«

Mein Vater fängt an, mit seinen Holzspießen eine Art Mikado zu spielen. Er antwortet sehr lange nicht. Vielleicht ist ihm gerade ein Musikstück eingefallen und er driftet gerade innerlich ab. Das passiert schon mal. Offenbar geht ihm aber was anderes durch den Kopf.

»Nele, wir wollten erst morgen Abend mit dir darüber reden. Aber vielleicht ist ja jetzt eine gute Gelegenheit.«

»Für was?« In mir steigt leise Panik auf. Seine Tonlage ist sehr ernst. Bedrohlich ernst.

»Du wirst deinen Urlaub mit Mia wirklich absagen müssen. Wir möchten gern, dass du am Samstag für zwei Wochen in eine besondere Klinik gehst. So wie du dich um Robert sorgst, sorgen wir uns um dich.«

»Was denn für eine Klinik? Bin ich krank? Was soll das? Das ist doch ein saublöder Scherz von dir.«

86

»Nein, Nele. Das ist kein Scherz. Wir haben schon mit Mia und ihren Eltern wegen des Urlaubs gesprochen. Die Ärzte hier im Krankenhaus haben uns klargemacht, wie sehr du Hilfe brauchst. Nele, wir glauben, dass du Magersucht hast und wir bei dir nicht mehr weiterkommen.«

Mein Vater guckt ganz leicht an mir vorbei. Traut sich wohl nicht, mir in die Augen zu sehen.

»Ihr glaubt, dass ich Magersucht habe, und sprecht nicht mit mir darüber? Ihr wollt mich lieber in eine komische Klinik abschieben? Und da werde ich dann gemästet, oder was? Dann komm ich fett und rund wieder und alles ist in Butter? Papa, vergiss es. Da werd ich ganz bestimmt nicht hingehen.«

Dieses Gespräch kommt mir völlig irreal vor. In mir ist nur ungläubiges Staunen. Die wollen mich doch nur schocken. Das ist doch nur ein Bluff.

»Nele, Magersucht ist eine Krankheit, das haben wir jetzt erkannt. Wir können dir nicht helfen, eine gesunde Einstellung zu deinem Körper zu bekommen. Dafür gibt es Profis. Und wenn du dich vielleicht erinnerst, versuchen wir seit Monaten, mit dir darüber zu reden. Dein Zusammenbruch hat uns gezeigt, dass wir nun handeln müssen. Alles andere wäre verantwortungslos.«

»Und ihr seid jetzt die Verantwortung los und schickt mich zur Fettkur in ein Krankenhaus. Das ist doch nicht euer Ernst. Vielleicht sollten wir uns heute Abend einfach mal zusammensetzen und darüber reden. Ihr habt vielleicht eine falsche Vorstellung von Magersucht. Da wird einfach superviel Blödsinn geschrieben.«

»Wir glauben eher, dass du eine falsche Vorstellung von Magersucht hast, aber das gehört wohl auch zum Krankheitsbild. Außerdem schicken wir dich nicht in irgendein Provinzkrankenhaus. Es gibt an der Küste eine Einrichtung für junge Menschen mit Essstörungen. Nur weil es bei dir sehr dringend ist, haben wir da überhaupt auf die Schnelle einen Platz bekommen.«

Er blufft nicht. Das ist sein Ernst. Ich steh sehr abrupt auf, mein Stuhl fällt um. Im Rausgehen seh ich, wie mein Vater sich müde über die Augen wischt.

Ich weiß überhaupt nicht, wohin. Nehm die erste Bahn, die kommt, und lande am Museumshafen.

Ich irr umher, lauf Slalom zwischen den ganzen Touris, die hier flanieren. Stolper vorbei an dem nicht enden wollenden Spalier von Tischen und Stühlen, Tischen und Stühlen. Irgendwann fängt der Strand an. Ich versinke im Sand. Meine Gedanken versinken in einem Morast aus Wut und Unglauben.

Das fühlt sich auch am Samstag nicht anders an. Ich sitz auf der Rückbank hinter meinem Vater. In den Ohren hab ich die Kopfhörer und doch keine Musik an. Die letzten Tage waren ein diffuser Film. Noch vom Strand aus hab ich bei Mia angerufen. Die ging nicht ran. Hatte wohl meine Nummer gesehen. Zu Hause hab ich mich vor meine Eltern gesetzt. Vor den Fernseher auf den Fußboden. Mit einem großen Löffel Butter in mich reingeschaufelt. Am nächsten Tag in der Schule musste Mia es zugeben. Sie hat es gewusst. Gewusst, dass ich weggeschickt werde. Nicht mit ihr nach München fahr.

Meine Mutter hat mit ihr gesprochen. Sie eingeweiht, damit Mia ihren Urlaub neu planen könne. Sie durfte nichts sagen. Meine Mutter kann sehr vehement sein. Ich frag Mia nicht, ob sie jetzt allein fährt. Hab Angst vor der Antwort.

Ich hab ihr ja das Mitleid abgenommen, aber besser tat mir das Mitgefühl vom Tigerauge. Sie war schon mal in einer ähnlichen Klinik, gibt mir ein paar Tipps. Ich solle gar nicht erst versuchen, die Leute von meiner Philosophie zu überzeugen, solle gar nicht erst anfangen zu diskutieren.

»Dann dauert alles nur länger«, schreibt sie mir.

Ich solle einfach meinen Rollladen runterlassen.

»Stell dir vor, es wär eine Leinwand. Da kannst du schöne Bilder drauf zeigen. Von dem Mädchen, das einsieht. Von dem Mädchen, das sich ändert. Das gern blödsinnige Bilder malt, die von blödsinnigen Therapeuten gedeutet werden. Zeig ein paar Verletzungen, die langsam vernarben. Aber wie es hinter der Leinwand aussieht, geht nur dich etwas an. Oder uns.«

Aber sie werden nicht da sein.

Ina hat auch noch einen Hinweis für mich: »Kein Wort über uns!«

Gestern Abend hatte ich einen letzten Versuch gestartet. Meine Ma war auf irgendeinem Konzert, mein Vater saß allein im Wohnzimmer.

Ich hatte ihm vorgeschlagen, einen Ernährungsplan zu erstellen. Einen fetten Plan. Ich hätt alle Mahlzeiten unter Aufsicht vertilgt.

Er hatte müde den Kopf geschüttelt.

»Nelchen, du wirst immer weniger. Ich will aber mehr von dir.«

Meine Stimme wurde darauf sehr laut. Fast schrill.

»Klingt toll. Aber bei dir klingt ja alles immer toll. Schöne Töne. Mehr nicht. Wird euch das nicht langsam ein bisschen einsam hier? Erst schickt ihr Robert weg. Jetzt mich. Oder macht ihr das extra? Wieso habt ihr überhaupt Kinder gekriegt?«

Seit dieser Frage hab ich nicht mehr mit ihm gesprochen.

Er hat mich nur stumm angeguckt gestern Abend und heute auch noch nichts gesagt. Ich überleg grad, ob ich Mia noch mal eben anruf, als der Motor verstummt. Wir sind da. Im weiten Nichts hinter Wilhelmshaven. Und das ist schon nur wenig mehr als nichts.

Das Haus steht kühl und kahl in der Landschaft.

Auf einer Bank davor sitzt eine junge Frau und heult lautlos.

»Das macht ja Appetit auf mehr«, stell ich fest.

Mein Vater nimmt mich an die Hand und ich möcht ihn am liebsten gar nicht mehr loslassen.

Die Rezeption erinnert mehr an Hotel als an Krankenhaus. Das Zimmer nicht. Es hat den Charme einer Zahnarztpraxis. Grünes Mobiliar vor weißen Wänden. Mein Koffer mittendrin sieht aus wie ein schillernder Fremdkörper. Ich fühl mich genauso. Vielleicht nur nicht schillernd. Noch immer spür ich die Blicke in meinem Rücken, auf meinen Beinen, in meiner Brust, die mich vom Auto bis hierhin begleitet haben. Gruselige Wesen rechts und links wie ein Spalier. Ein klappriges Spalier. Haut, die mühsam die Knochen zusammenhält. Jetzt werden meine Eltern erst recht ihrer Magersucht-Hysterie verfallen. Bei dem Anblick. Wieso können sie nicht erkennen, dass das mit mir nichts zu tun hat? Ich bin weder blind noch bescheuert noch lebensmüde. Wir sollen hier auf den Arzt warten, hat eine Krankenschwester gesagt. Ich nutz die Zeit, um Mia eine SMS zu schicken. Sie hat meine Entschuldigung wegen des blöden Spruchs angenommen. So getan zumindest. Ganz überzeugt wirkte sie nicht. Ich brauch sie jetzt doch.

»Davon wirst du dich verabschieden müssen.«

Der Arzt hat sich lautlos reingeschlichen.

Ich drück schnell auf »Senden«. Danach greif ich die ausgestreckte Hand. Sie fühlt sich an wie eine tote Schnecke. Kalt. Feucht. Ich lass schnell los. Seine Hand hängt weiter offen in der Luft. Ich versteh erst nach zwei, drei Sekunden. Er will jetzt sofort mein Handy. Ich guck fragend zu meinem Vater. Der guckt auf den Boden. Genau da werf ich mein Handy jetzt hin.

»Bitte. Hier.«

Meine Mutter bückt sich erstaunlich schnell für ihre Körperfülle.

Die Schnecke heißt ausgerechnet Dr. Luchs. Er lässt das überreichte Telefon in seine Kitteltasche gleiten. In mir implodiert was.

»Sie heißen Luchs? Das trifft sich. Dann brauchen Sie Ihre Ohren ja nicht zu spitzen. Nur zuzuhören. Ich bin nicht magersüchtig. Wenn ich die Gerippe da draußen seh, wird mir schlecht vor Mitleid. Meine Eltern sind ein bisschen übereifrig. Ich gehör hier nicht hin. Stellen Sie das bitte fest und schicken Sie mich schnellstmöglich wieder nach Hause.«

Er steht weiter mit seinen hängenden Schultern vor mir.

Meine Mutter geht einen Schritt auf mich zu.

Der Arzt kommt ihr zuvor. Verbal.

»Dann ist doch alles in Ordnung. Mach dir einfach ein paar nette Tage hier. Wir haben sogar einen Pool. Das Wetter ist noch gut, da kannst du dich im Park sonnen. Stell dir doch einfach vor, das sei hier ein kleiner Wellnessurlaub für dich.«

Die Worte kommen aus seinem Mund gepurzelt wie Softbälle. Das Einzige, was an diesem Arzt hart wirkt, ist sein Blick.

Der will mich verarschen. Das seh ich genau.

»Und entspannen kann ich mich dann in dieser anheimelnden Wohlfühl-Atmosphäre?« Ich guck die weißen Wände, das mintgrüne Mobiliar an.

»Das kannst du dir nach deinen Wünschen hier gestalten. Ganz wie du willst.«

»Ach ja, therapeutisches Malen. Da freu ich mich schon drauf.«

»Nele, es reicht.«

Mein Vater hat seine Stimme wiedergefunden.

Ich stütze mich auf die Fensterbank. Mit dem Gesicht nach draußen. Ich kann das hier alles nicht. Ich hör ein Summen. Mias Antwort steckt in der Kitteltasche des Luchses. Fuck. Meine Eltern verabschieden sich. Schnell. Das sollen sie laut Anweisung. Aber es fällt ihnen erstaunlich leicht. Sie wirken erleichtert. Ein flüchtiger Kuss. Eine Hand auf die Schulter. Ein Schmatzen der Tür und ich bin allein. Ich lehn meine Stirn gegen das Fenster und tropf auf die Fensterbank. Ich wünschte, Robert wär jetzt hier. Oder Mia. An Nick trau ich mich gar nicht zu denken. Alles hier ist eklig. Und ich ahne, es wird noch ekliger. Überflüssige Gespräche, überflüssige Kalorien. Ich kann fast spüren, wie dieses Zimmer jede Farbe aus mir raussaugt. In mir fühlt sich alles grau an. Aus meiner Kehle kommt ein feuchtes Atmen.

»Um sechs Uhr gibt es Abendessen. Wäre schön, wenn du kommst«, hör ich den Arzt hinter mir.

Ich war gar nicht allein.

Von der Fensterbank aus guck ich auf den kleinen Park. Ein paar Mädchen sitzen auf Bänken und lesen, andere faulenzen auf einer Decke. Eine Gruppe Jungs lässt auf einem Tümpel ferngesteuerte Schiffe fahren. Wenn gleich noch ein Pony um die Ecke kommt, fühl ich mich wie in »Ferien auf dem Immenhof«. Als um kurz vor sechs der große Aufbruch beginnt, schnapp ich mir ein Buch. Natürlich geh ich nicht zum Abendessen. Wasser krieg ich aus dem Wasserhahn. Mehr brauch ich heute nicht mehr. Auch Gespräche nicht.

Das sieht die Psychologin anders. Um kurz vor acht stellt sich Frau Doktor Schimm vor. Sich und das Haus. Nachdem sie mir fast eine Stunde erklärt hat, was ich hier alles darf und vor allem nicht darf, fragt sie scheinheilig, ob ich heute Abend keinen Hunger gehabt hätte. Was glaubt sie, was ich darauf sage? Doch, total. Aber ich bin doch magersüchtig und verbiete mir das Essen? Ich lüge, ich hätte noch ein Lunchpaket von meiner Ma gehabt. Sie weiß, dass ich lüge. Und ich weiß, dass sie es weiß.

Frühstück gibt es um acht.

»Anschließend machen wir die Eingangsuntersuchung. Sei also da.«

Ich weiß, dass sie damit nicht nur die Untersuchung meint.

Ich hab mir gerade einen Apfel und zwei Mandarinen auf den Teller gelegt, als ich hinter mir eine vertraute Stimme hör.

»Hast du heute Obsttag?«

Ich dreh mich abrupt um, eine Mandarine fällt auf den Boden. Lars steht vor mir.

»Immerhin bewirfst du mich nicht mit faulen Tomaten.«

Er hebt lachend die Mandarine auf. Lars sieht echt scheiße aus.

»Du siehst ja kacke aus. Gibt's hier nichts zu essen?«, frag ich ihn.

Er grinst zurück.

»Mehr, als dir wahrscheinlich lieb ist.«

Damit lässt er mich stehen. Schade. Jetzt muss ich doch allein frühstücken. Ich such mir einen Platz in einer Ecke und guck mir meine Mithäftlinge genauer an. Erinnert mich alles ein bisschen an eine Nachkriegs-

dokumentation unter dem Titel »Die mageren Jahre«
oder so. Die meisten Mädchen und Jungen sind definitiv zu Recht hier. Das beruhigt mich ein bisschen. Dann
wird auch schnell klar werden, dass ich hier sicherlich
ohne Zugangsberechtigung bin. Ich schnapp mir noch
zwei Flaschen Wasser und geh wieder auf mein Zimmer.

Nach dem Frühstück sollten die ersten Untersuchungen sein. Jetzt sind zwei Stunden vergangen und
meine Blase steht kurz vorm Platzen. Es hilft nichts.
Der Sprudel muss wieder raus. Mist. Um kurz vor
zwölf erst holt mich die Schimm ab. Dasselbe Spiel:
wiegen, messen, Blut abzapfen, Fahrrad fahren, Blut
abzapfen. Pipi in einen Becher machen. Alles wie immer. Sobald sich eine Spritze meiner Armbeuge nähert,
mach ich schon automatisch eine Faust. Erst um kurz
vor drei werd ich entlassen. Natürlich hab ich jetzt das
Mittagessen verpasst. Tolles Konzept haben die hier mit
ihrer Mastkur. Im Park treff ich Lars. Mit zwei andern
Typen streicht er Holzbänke an.

»Wenn du uns einen Euro gibst, darfst du auch mal
streichen«, versucht er die Tom-Sawyer-Tour.

»Ich spar lieber. Vielleicht darf ich dann mal Unkraut
jäten«, geb ich lachend zurück und lass mich auf die
Wiese fallen. Die Sonne tut gut. Ich frier schon den
ganzen Sommer über, hab mich jetzt auch in meine
Steppjacke gewickelt. Nach gefühlten 20 Sekunden
Wohlfühlen steht Frau Dr. Schimm vor mir.

»Da bist du ja. Ich suche dich schon überall. Ich
möchte gern mit dir reden.« Dreht sich um und geht.

Wahrscheinlich will sie, dass ich ihr folge. Wie ein

Hündchen hinterherlauf. Nach ein paar Schritten merkt sie, dass ich nicht bei Fuß geh, sondern immer noch auf dem Rasen sitz.

»Kommst du bitte?«

Geht doch.

Bei mir auf dem Zimmer setzt sie sich neben mich aufs Bett. Fürchterlich. Erstens macht man das nicht, und zweitens kann ich riechen, dass sie heute schon ziemlich viel geschwitzt hat. Ich lass sie sitzen und lehn mich stehend an die Wand. Es folgt nicht der übliche Wir-machen-uns-Sorgen-Vortrag. Sie sagt nicht, dass ich mich einfach mal ein bisschen ausruhen soll und so einen Mist.

»Du hast Magersucht, Nele. Das ist eine gefährliche Krankheit. Wir werden dir hier helfen, gesund zu werden. Mehr als helfen können wir aber nicht. *Du* musst den Hauptjob machen.«

Ein bisschen mag ich ihre direkte Art. Kurze Sätze. Keine überflüssigen Füllwörter. Sie hat nur eine kurze Pause gemacht, holt Luft und einen Zettel aus ihrer Tasche. Meinen Stundenplan. Ab morgen hab ich jeden Tag eine Sitzung mit ihr, außerdem eine Gesprächsrunde und dann muss ich mich auch noch für verschiedene Aktivitäten anmelden. Es gibt eine hauseigene Band, Jazztanz, einen Literaturzirkel und eine Holz-AG.

»Gibt es etwa kein therapeutisches Malen?«, frag ich scheinbar erstaunt. »Ich würd nämlich gern meine Emotionen farblich umsetzen.«

Sie übergeht das.

»Nele, wir werden uns heute noch zusammensetzen und eine Vereinbarung zu Papier bringen. Wir werden gemeinsam Verhaltensregeln formulieren und auch eine Grammzahl, die du pro Woche mehr auf die Waage bringen musst.«

»Und wenn ich den Vertrag breche, flieg ich raus?«

»Nein. Dann fliegst du aus den Aktivitäten raus. Dann kannst du höchstens noch mit einem Kuli therapeutisches Raufasermalen machen.«

Nein. Ich mag ihre Art überhaupt nicht.

Das Abendessen erinnert mich an Ikea. Freundliche Speisen in freundlichen Glasvitrinen. Ich schieb mein Tablett an den verschiedenen Stationen vorbei. Als ich am Ende ankomm, hab ich noch nichts draufgeladen. An den Getränkeautomaten hol ich mir ein großes Wasser und fang wieder von vorn an. Der Salatteller sieht annehmbar aus. Als ich ihn auflade, spricht mich die Frau hinter dem Tresen an.

»Du bist Nele, oder?«, sagt sie nett und hält mir die Hand hin. Ich nicke, schüttel ihren Plastikhandschuh. Als ich weitergeh, seh ich, wie sie sich umdreht und einen Strich auf ein Papier macht. Ach so. Ich versteh. Als ich mir einen Pudding nehm, wird von einem anderen Küchenmädchen ein Strich verzeichnet. Dasselbe bei der Suppenausgabe. Wie dämlich. Auf dem Weg zu einem freien Platz schieb ich den Pudding auf ein Tablett mit schmutzigem Geschirr. Die Suppe stell ich unterwegs auf einem Tisch ab und tu so, als würd ich mir nur noch mal eben Besteck holen.

»Im Salatdressing ist Sahne.«

Ein Mädchen setzt sich mir schräg gegenüber.

»Ich bin Annalena. Mein Zimmer ist direkt gegenüber von dir.«

»Ich bin Nele.«

»Ich weiß. Frischfleisch wird hier gleich neugierig begutachtet.«

Auf ihrem Teller liegen drei Stangen Spargel auf einer Scheibe Kochschinken. Dazu gibt es Gurkenscheiben und ein Twix. Interessante Kombination.

Sie sieht meinen Blick.

»Wusstest du das nicht? Schokolade soll Glücksgefühle erzeugen. Und ich kann dir versichern, das stimmt. Die Schimm macht es superhappy, wenn sie mich mit dem Ding sieht.«

»Vielleicht sollt ich mir dann ein paar auf den Nachttisch legen. Die will heute noch wegen irgendeinem Vertragskack kommen.«

»Viel Spaß dabei«, murmelt sie.

Ich hab das Gefühl, diese Annalena hat mich schon vergessen. Sie hat den Riegel in den Händen. In beiden Händen. Guckt ihn an. Befremdet und konzentriert. Wie eine Schlange ein viel zu großes Kaninchen. Dabei ist er noch eingepackt.

Wenn ich dachte, Taschengeldverhandlungen mit meiner Ma wären schwierig, merk ich jetzt, was ein wirklich ätzender Verhandlungspartner ist. Die Schimm lässt sich auf nichts ein. Sie verlangt, dass ich zunächst das Gewicht halte und im besten Fall schon steiger.

Sollt ich mal weniger als am Vortag wiegen, muss ich am folgenden Tag mindestens 200 Gramm mehr wiegen. Außerdem muss ich an Gruppengesprächen teilnehmen – aktiv teilnehmen – und an Einzelsitzungen.

Noch länger ist die Liste, was alles passiert, wenn ich den Vertrag breche. Fernsehverbot. Ausgehverbot. Ausschluss von gemeinsamen Aktivitäten. Büchereiverbot, blablabla.

»Und was muss ich machen, damit ich ohne Abendessen ins Bett geschickt werd?«

Die Schimm zieht nur einmal kurz die linke Augenbraue hoch und packt ihre Siebensachen wieder ein. Dabei fällt ihr scheinbar was ein.

»Apropos Abendessen.« Sie öffnet meine Tür. Davor steht ein großer Servierwagen. Darauf ein Pudding und eine Suppe.

»Du hattest wohl vergessen, wo du das abgestellt hast. Kann am Anfang ja mal passieren, die Mensa ist ein bisschen groß. Wir haben dir die Suppe natürlich noch mal warm gemacht.«

Sie reicht mir beide Schalen.

»Bis morgen. Schlaf gut.«

Nein, ich schlaf nicht gut. Ich heul, heul, heul. Ich kann nicht aufhören. Hätt diese Ärztin nicht ein einziges Mal fragen können, wie ich mich fühle? Hätt sie nicht einmal fragen können, wie ich die Situation seh? Vielleicht hab ich Fehler gemacht. Ich hätt vielleicht mehr mit meinen Eltern reden sollen. Aber sie hätten ja auch mehr fragen können. Dann hätt ich es ihnen erklärt. Ich bin nicht magersüchtig. Das weiß ich. Ja, ich will noch ein bisschen abnehmen. Ein bisschen nur. Ich weiß, dass ich ganz kurz davor bin, mich richtig gut zu fühlen. Meine Güte, ich hab doch auch schon Fotos von Magersüchtigen gesehen. Die sehen für mich aus wie der durchblutete Tod. Das will ich doch gar nicht. Aber meine Ma hat ihre Vorstellungen von mir. Und genau so muss ich aussehen und lachen und gehen und stehen. Ihre Vorstellungen haben mit mir nichts zu tun. Vor ein paar Wochen hab ich ihr einen Ausschnitt hingelegt, dass darüber nachgedacht wird, die europäischen Konfektionsgrößen zu verändern, weil die Menschen größer und schlanker werden. Ich hab ihr versucht zu erklären, dass das die Evolution sei. Aber die Evolution wird von meiner Mutter nicht akzeptiert. Und hier geht der Scheiß genauso weiter. Irgendwelche Tabellen von 1917 oder so ähnlich behaupten, dass meine Körpergröße und mein Gewicht zusammen Magersucht ergeben. Ich bin eine einfache Rechenaufgabe hier. Und die muss stimmen. Ich muss einfach wieder in die Norm passen und schon bin ich gesund. Wahrscheinlich wird man in ein paar Jahren so weit sein, dass das Fett, das übergewichtigen Kids abgesaugt wird, andern, scheinbar zu dünnen Exemplaren unter die Haut gespritzt wird. Als ich aufsteh, um noch ein Glas Wasser zu trinken, seh ich mich im Fenster. Ich hab die Rollos nicht zugemacht und spiegel mich in der Scheibe. Ich schieb mein Nachthemd hoch. Das soll Magersucht sein? Ich seh aus wie eine Sanduhr. Breit, schmal, breit. Zu breit. Ich zieh das Hemd aus, stell mich ins Profil, heb die Arme über den Kopf und geh ins Hohlkreuz. Den Anblick mag ich. Das bin ich.

»Ich war eine tanzende Fleischwurst. Ich war Tamara, die tanzende Fleischwurst.«

Annalena lehnt sich lachend zurück. Verschränkt die Arme hinter dem Kopf. Ihr T-Shirt rutscht ein bisschen hoch. Nichts mehr zu sehen von Fleischwurst. Überhaupt nichts von Fleisch.

Wir sitzen in einem Kreis zusammen und reden über »Wer war ich?«. Patricia hat die Frage gestellt. Sie darf so was, sie ist die Therapeutin, die dieses lustige Fragespiel leitet.

»Ich war Nele.«

»Und wer bist du heute?«, will Patricia von mir wissen.

»Ein Mastschwein.«

Annalena lacht und ahmt grunzend ein Schwein nach. Nach der Sitzung kommt sie direkt zu mir.

»Ich bin schon länger hier, glaub mir, ich bin noch mehr Schwein.«

»Ein Meerschweinchen?«, sag ich und lach sie an.

Sie gluckst. »Könnte sein. Kommst du mit zum Tümpel?«

Natürlich geh ich mit. Verlockendere Einladungen hab ich ja schließlich nicht.

Ein paar Mädels hängen auf der zertretenen Wiese ab, ein paar Jungs lassen wieder Boote fahren. Annalena grüßt in alle Richtungen.

»Bist du hier Klassensprecherin?«, frag ich erstaunt.

»Nee, eher so was wie Alterspräsidentin. Bin zum sechsten Mal hier.«

»Das sechste Mal? Ist ja gruselig.«

»Na ja, zum letzten Mal bist du auch nicht hier.«

»Da täuschst du dich aber. Ich reiß hier die Herbstferien ab und das war's dann.«

»Hat man dir das hier echt als Feriencamp verkauft? O Gott, du Arme.« Sie lacht dreckig.

Die kann sich ihr Mitleid sparen.

Wie ein Feriencamp kommt mir das wirklich nicht vor. Eher wie Big Brother im Hungerstreik. Unter einem Baum seh ich Lars liegen. Ich setz mich neben ihn.

Er kramt ein zerknittertes Tempo aus der Jeans und schwenkt die Rotzfahne.

»Lass mich. Es geht mir scheiße.«

»Hör auf, deine Popel im Wind zu verteilen.«

Er guckt glasig. Komisch, ich hab plötzlich den Eindruck, als hätt er das Tempo vorher für seine Augen gebraucht.

»He, kommt mal alle her.«

Vom Haus kommt ein pferdeähnliches Wesen zum Teich. Als wir um sie herumstehen, seh ich, dass sie nicht nur einen Arsch wie ein Gaul hat, sondern auch so ein Gebiss. Ihre Mähne hat sie in dicken Dreadlocks vom Kopf abstehen. Das Pferd heißt Tanja und schlägt vor, wir sollen uns mit Bodypainting vergnügen.

»Ist das die moderne Version von therapeutischem Kritzeln?«, frag ich sie.

Sie lacht nicht. Sie wiehert.

»Du bist Nele, oder? Hab schon von dir gehört.«

Sie verteilt Farben und Pinsel. Als ich mich zu Lars umdreh und ihn frag, ob er mit spazieren kommt, spricht sie mich von hinten an.

»Nele, du solltest dich besser an unseren Aktivitäten beteiligen.«

Das klingt nicht wie ein guter Rat. Das klingt wie ein schlechter Befehl.

Lars holt mich nach ein paar Schritten ein.

»Was hältst du davon, wenn ich dir ein Sudoko-Rätsel auf den Rücken male?«

»Ich geb meinen Rücken nicht für irgendwelche Nummern her.«

Schon als ich es ausprech, werd ich rot. Wie peinlich. Wie sausausaudoof.

Lars nimmt seine Brille ab und haucht die Gläser an.

»Bei solchen Sprüchen beschlägt meine Brille.«

Ich box ihn in die Rippen. Er verzieht das Gesicht, stöhnt kurz auf. Hat ihm wohl echt wehgetan.

»Wie wär's, wenn du meine Zehennägel lackierst?«, versuch ich es vorsichtig.

Wir einigen uns schließlich und er bekommt die ganzen Zehen. Irgendwie süß, wie konzentriert er pinselt. Ganz vorsichtig malt er alle weiß an. Zum Schluss gibt es halbe schwarze Tasten auf jeden Zeh. Eine süße kleine Klaviertastatur. Ich wackel mit den Zehen und hör fast eine Melodie.

Als ich hochguck, seh ich Annalena. Sie hat ein sehr kurzes T-Shirt an und sich selbst einen riesigen Mund unter den Bauchnabel gemalt. Jeder sieht, was die Augen sind. Spitz ragen sie unter dem T-Shirt hervor. Ihr ist wohl auch immer kalt. Sie lacht schmutzig und zieht mit den Zeigefingern die Mundwinkel unten hoch. Lars schiebt sich in meinen angeekelten Blick.

»Ich bin dran.«

Er drückt mir einen Pinsel in die Hand.

»Mein Rücken gehört dir.« Er setzt sich ins Gras, zieht sein Shirt hoch. Ich bin erleichtert. Keine gelben Pickelköpfe. Immerhin. Ich überleg lange. Lars ist erfreulich still. Schließlich entscheide ich mich. Ganz langsam, um mich mit der Spiegelschrift nicht zu vertun, schreib ich MA(H)LZEIT auf die Fläche.

Plötzlich muss ich dran denken, wie Robert und ich uns früher geschminkt haben. Rote Bäckchen mit dem teuren Chanel-Lippenstift und Schönheitsflecken mit einem schwarzen Kugelschreiber.

Ich muss schlucken und schlucken, als wär in meinem Kopf eine Sprinkleranlage angegangen.

49,4 Kilogramm.

Ich kann die Zahl nicht fassen. Das kann überhaupt nicht stimmen. So viel hab ich seit ewigen Zeiten nicht gewogen. Macht hier schon das Einatmen fett, oder was? Tun die was ins Wasser? Ich bin beim Frühstück noch völlig down und lutsch nur eine Grapefruit aus. Hab das Gefühl, rechts und links vom Stuhl runterzufließen. Nach unzähligen »Joggingrunden« vom Bett zur Tür und zum Bett und zur Tür schnapp ich mir meinen Laptop. Ich muss unter Menschen und ich muss Klavier spielen. Zumindest ansatzweise. Mein Vater hat mir ein Computerprogramm geschenkt, mit dem ich auf dem Laptop üben kann. Die Tasten werden zur Tastatur. Buchstaben zu Tönen. Ich fang mit Kinderliedern an. Ist ja egal. Im Aufenthaltsraum sitzen noch ein paar Leute, aber ich hab die Kopfhörer angeschlossen. Als mir die Schimm eine Hand auf die Schulter legt, stört sie mitten in einem Blues. Offenbar hab ich das Gespräch mit ihr verschwitzt.

»Tut mir leid«, lüg ich.

Sie nötigt mich zu einem Spaziergang und versucht, sich mit mir zu unterhalten. Schlimmer noch, nach ein paar Small-Talk-Runden sagt sie gar nichts mehr. Das macht mich kirre. Soll ich jetzt reden? Und wenn ja, über was? Da kann sie lange warten. Wir stapfen einen Waldweg hoch.

»Hoffentlich kommen wir nicht zu spät zum Mittagessen«, sag ich irgendwann.

»Keine Sorge.«

Die Alte hat echt keinen Humor. Als wir wirklich pünktlich zum Essengong wieder am Haus ankommen, bin ich wütend. Mich würd ja wirklich mal interessieren, was so eine Therapiestunde bei der kostet, in der sie dann nur stumm durch den Wald stapft.

»Wann hab ich denn den nächsten Gesprächstermin bei Ihnen?«, frag ich sie ein bisschen atemlos. Ich hab Seitenstiche.

»Steht auf deinem Plan.«

Mein Plan. Mein Plan sah vor, dass ich jetzt mit Mia in

München bin. Dass wir shoppen gehen, Frisbee spielen im Englischen Garten. Oder nichts machen im Englischen Garten. Vor Cafés sitzen. Und wieder shoppen gehen. Und quatschen. Und Quatsch machen.

Ich sitz auf der Fensterbank. Die Beine innen. Ich seh mich im Spiegel über dem Waschbecken. Kein schöner Anblick. Mühsam knibbel ich Fensterkitt aus dem Rahmen und feuer die kleinen, harten Kügelchen zwischen meine Augen. Als ich mir den Fingernagel vom Zeigefinger ganz tief unten einreiß, tut das richtig gut.

Am Nachmittag steht Gruppenmeeting an. Ich guck nur kurz zur Tür rein und hechel: »Kann leider nicht. Die Schimm will noch was von mir.«

Noch vor einer Antwort werf ich die Tür zu. Ich renn raus und weiter. Vorbei am Teich. Nach ungefähr zwei Minuten hab ich eine Blase am kleinen Zeh. Die Riemchen der Sandalen scheuern wie blöd. Ich renn, bis ich kotze. Schaum zumindest. Als ich zurückkomm, erwartet mich kein Strafgericht. Ich hätte echt nicht gedacht, dass ich mit so einer blöden Lüge durchkomm.

Hab wohl ein bisschen zu lang unter der Dusche gestanden. Mit völlig faltigen Fingerspitzen greif ich mir das letzte graue Essenstablett. Ich lande gegenüber einer kleinen Barbiepuppe. Das Mädel ist allerhöchstens zwölf und sieht wirklich original wie die Puppe aus. Die dünnen blonden Haare fallen wie zwei Vorhänge dünn auf die Schultern. Die Taille könnte ich mit beiden Händen umgreifen. Das Mädchen heißt

Jule und kann perfekt Tanja imitieren. Sie mimt täuschend echt diese Psycho-Praktikantin, die uns mit ihrer oberflächlichen Euphorie nervt.

»Ja, suuuuuper«, äfft sie das Pferde-Geschöpf nach und wiehert leise. Ich muss echt lachen. Wir stellen uns vor, wie wir Tanja mit ihren Bodypainting-Farben zu einem Gaul umgestalten. Jule steckt sich eine Stange Spargel quer in den Mund und legt sie sich über die Schneidezähne. Sie bleckt ihr Gebiss und ich fall fast vom Stuhl. Jule parkt kurz ihren Nachtisch auf meinem Tablett, bringt ihres schon mal weg und kommt mit einem Glas Tee zurück. Sie setzt sich aber nicht.

»Bis später vielleicht«, piepst sie und geht.

Drei Minuten danach hasse ich sie. Als ich nämlich mein Tablett abgeben will, wird es mir zurückgegeben.

»Nele, du hast deinen Nachtisch noch nicht gegessen.«

»Doch. Das ist der von Jule. Die hat ihn bei mir abgestellt.«

In dem Moment weiß ich Bescheid.

Dieses kleine Miststück. Dieses ekelhafte Luder. Wie hinterhältig und gemein.

Ich trotte mit der Schüssel zurück zum Tisch. Ich kann, kann, kann das nicht essen. Vanillematsch. Meine Zunge füllt bei dem Wort schon den ganzen Mund aus. Da ist kein Platz. Ich lass mich neben Lars auf einen Stuhl fallen. Er sitzt ganz allein da.

»Das hat Jule mir vermacht. Kennst du sie?«

»Wer nicht?«

»Wie lang muss ich wohl warten, bis das von allein zu Staub zerfällt?«

Er spreizt mit zwei Fingern die Tasche seiner Jogginganzugjacke.

»Löffel es hier rein.«

Vorsichtig füll ich seine Taschen und mit sehr geradem Rücken geht Lars vor mir durch die Tür. Als wir weit genug weg sind, stups ich meinen Ellenbogen in seine Seite. Es spritzt nach allen Seiten.

»Danke. Das war echt suuuuuper.«

Überall hat Lars Vanillematsch. Sogar auf der Brille sind ein paar Spritzer. Ich renn auf mein Zimmer und stell einen Stuhl unter die Klinke.

Als irgendwann ein Zettel mit einer dünnen Schicht Vanillezeugs unter der Tür hergeschoben wird, muss ich grinsen. Mit dem Finger hat Lars »MA(H)LZEIT« in den Matsch geschrieben.

Natürlich hab ich mein Gewicht nicht gehalten. Ich bring ein sattes Pfund weniger auf die Waage. Dabei war ich noch nicht mal auf dem Klo. Hat sich also nicht gelohnt, bis zum Wiegen die Pobacken zusammenzukneifen. Eigentlich egal. Ärger krieg ich auch so. Natürlich ist meine Lüge doch noch aufgeflogen. Dr. Schimm teilt mir kurz mit, dass für mich Fernsehen und auch Nachmittagsausgang verboten seien. Ich bin nur mäßig beeindruckt. So reizvoll ist es nun wahrlich nicht, am Tümpel oder in dem verkommenen Park abzuhängen. Ich hab doch mein Ersatzklavier.

»Was passiert eigentlich als Nächstes? Komm ich dann in eine Einzelzelle im Keller?«, frag ich sie.

»Wenn du dich dauerhaft nicht an den Vertrag hältst, wirst du gehen müssen.«

»Toller Knast. Wer nicht spurt, fliegt raus«, mokier ich mich.

»Nele, du hast leider immer noch nicht verstanden, dass das hier kein Knast ist. Du bist freiwillig hier, um mit uns an deiner Krankheit zu arbeiten. Wenn du das nicht willst, kannst du gehen.«

»Dann werd ich als gesund nach Hause geschickt?«

»Nein, als uneinsichtig. Dann wirst du irgendwann wieder zusammenbrechen und wieder ins Krankenhaus kommen. Dann wahrscheinlich mit Zwangsernährung. Falls das dann noch etwas bringt.«

Damit lässt sie mich stehen.

Als wir uns eine halbe Stunde später zum Einzelgespräch wiedersehen, erwähnt sie das Gespräch mit keinem Wort. Wir reden über meine Zukunft. Was ich nach der Schule mal machen will. Es ist ein sehr stummes Gespräch. Mia will auf jeden Fall studieren. Mia hat irgendwie immer einen Plan.

Für den Nachmittag hat sich Tanja wieder ein total lustiges Spiel ausgedacht. Wir sind ein Zoo. Jeder soll ein Tier imitieren. Annalena wiehert leise, und ich beiß mir auf die Lippe, um nicht laut rauszuprusten. Lars hat trotz des warmen Wetters einen dicken Pulli an.

»Du bist Eisbär Lars«, bestimm ich.

»Aber ich mag keinen Fisch«, jammert er lachend.

Ich lass mich stöhnend auf den Boden fallen. »Ich bin ein überfahrener Frosch auf einer Schnellstraße und lass nun drei verwaiste Kaulquappen zurück, die qualvoll ohne Mama verhungern müssen«, verkünde ich.

Tanjas Gesicht hat die Farbe und Ausdruckskraft eines Steins. Offenbar ist sie auf eine solche Situation im Studium noch nicht vorbereitet worden.

»Ich bin ein Dinosaurier und damit schon ausgestorben«, erklärt ein neuer Typ namens Ben. Tanja ist sichtlich erleichtert, als die Stunde in ihrem Horror-Zoo endlich vorbei ist. Alle andern zieht es raus, ich geh auf mein Zimmer. Vom Fenster aus kann ich sie alle sehen. Das nervt. Ich schnapp mir meinen Laptop und geh lieber in die sogenannte Bibliothek. Auf vier wackligen Regalen stehen in einem fensterlosen Raum die Bücher, die hier gestrandet sind. Die zu wertlos für die Heimreise waren. An einem kleinen Holztisch lass ich mich nieder, fahr den Rechner hoch. Ich les in alten E-Mails. Vor allem die letzte Nachricht von Robert liegt mir im Magen. Ich möchte so gern wissen, wie es ihm geht. Wie es ihm wirklich geht. Ich weiß gar nicht, warum, aber ich fang an zu spielen. Letztes Jahr war ich mal in der Schule in einer Internet-AG. War gar nicht so doof. Ein bisschen was hat Robert mir auch mal gezeigt. Ich scroll durch die Seiten. Hüpf von Icon zu Icon. In mir fängt ganz leise ein sehr hoher Ton an zu piepen. Wie ein fröhlicher Alarm. Das kann doch nicht wahr sein. Ich werd wacher, klicke zielstrebiger. Es gibt hier Internet. Einen drahtlosen Internetzugang. Einen wireless LAN, der nicht verschlüsselt ist. Jeder kann sich einwählen. Ungläubig probier ich mein Glück. Versuch mich wieder an meinem E-Mail-Account. Eine fette Betreffzeile leuchtet auf. Sie lautet »Rechtzeitig?«. Dahinter verbirgt sich ein kurzer Brief: »He, Ernie, hoffe, dass ich dich noch rechtzeitig erreiche. Ma hat mir gerade erzählt, dass du in eine Klinik musst. Sei tapfer und lass dich nicht in eine Form pressen, in die du nicht passt. Ich weiß, wovon ich rede. Mittlerweile. Ich melde mich wieder. Bert.«

Die Mail ist neu. Gelesen hatte ich die jedenfalls noch nicht. Die Bibliothek ist direkt neben dem Bürotrakt. Vielleicht ist das der Grund. Ich glaub, meine Mundwinkel stoßen gleich an meine Ohrläppchen, so fett muss ich grinsen. Da haben sich meine Eltern hingesetzt und mit Füller einen Brief geschrieben, den ich heute Morgen bekommen hab, und ich könnte ihnen jetzt einfach so mit einer Mail dafür danken. Mach ich natürlich nicht. Aber witzig wär es. Wie blöd die hier sind. Nehmen mir das Handy weg und hier steht mir die ganze Welt offen.

Ganz vorsichtig geb ich die Internetadresse ein und mach dann die Augen zu. Als ich sie öffne, bin ich im Mondnebel. JA. JA. JA. Gespannt logge ich mich mit meinem Nickname ein.

»Hallo, kennt mich noch jemand?«

Ina antwortet sofort.

»Klar, Eisbär, welcome back. Wir dachten, du bist in der Klinik.«

»Bin ich auch noch.«

»Jetzt? Jetzt gerade?«

»Klar. Bin drahtlos im Netz. Geil, oder?«

Ich bin raus. Ina hat mich rausgeschmissen. Sie ist

die Chefin. Sie kann das. Ich bin fassungslos. Was soll denn der Scheiß? Was hab ich getan? Ich starr den blinkenden Cursor an. Warte darauf, dass irgendwas passiert. Bis sich mein Bildschirmschoner vor meine Augen schiebt. Wer weiß, vielleicht war das auch nur ein technischer Fehler. Vielleicht ist die Verbindung hier nicht so konstant. Ich versuch es mal mit einer Mail und antworte Robert.

»Frag nicht, wieso ich dir mailen kann. Schreib mir lieber, wie es dir geht. Klingst schon wieder so komisch. Muss ich mir Sorgen machen? Hier ist es so weit okay. Nele.«

Die Tür fliegt auf. Doktor Heinrichs, Kollege von der Schimm, steht vor mir und will natürlich wissen, was ich hier tu.

»Warum bist du nicht draußen?«

»Weil ich nicht darf. Deswegen les ich ein bisschen.«

Immerhin war ich schlau genug, ein paar Bücher so aufzustapeln, dass man den PC nicht gleich sieht. Doktor Heinrichs nickt abwesend, greift sich ein Lexikon und ist raus.

Ich pack auch meine Siebensachen. Auf den Fluren wird es wieder lauter. Das wird mir hier zu gefährlich.

Beim Essen kommt Lars gleich zu mir.

»War öde am Teich heute. Hast nichts verpasst.«

»Das hatt ich auch gar nicht vermutet.«

Wortlos nimmt er sein Tablett und lässt sich woanders nieder. Meine Fresse. Der ist aber auch sensibel.

Den ganzen Abend überleg ich, ob ich's wohl wagen kann. Ob ich noch mal in die Bücherei gehen soll. Im

Zimmer hab ich natürlich kein Netz. Wär ja auch zu schön gewesen. Ich trau mich nicht. Außerdem bin ich nicht sicher, ob ich dann Mia nicht auch mailen müsste. Aber irgendwie wird sie blasser. Die Erinnerung an sie verstaubt. Ich denk wenig an sie.

Ich schaff es, mich bis zum nächsten Tag zu gedulden. Dass ich am Nachmittag wieder nicht raus darf, ist klar. 47,4 Kilo. Ich bemüh mich, meine gute Laune angesichts dieser Nachricht zu verbergen. Bald hab ich es. Bald bin ich auf 45 Kilo. Das ist so geil. Am besten nehm ich noch so ein, zwei Pfund weiter ab. Dann kann ich aufhören, vielleicht sogar – wie es die Schimm will – ein bisschen zulegen, komm gesund nach Hause und dieser Horror hat ein Ende.

Ina spricht mich sofort an, als ich mich einlogge.

»Hör auf damit. Du kannst uns nicht aus einer MAST-Klinik kontaktieren. Das ist total gefährlich für uns.«

»MAST? So schlimm ist es nicht. Und wieso gefährlich?«

»Du bist echt noch naiver, als ich dachte. MAST heißt Magersucht. Und glaubst du eigentlich, dass unser Forum erwünscht ist? Meld dich einfach wieder, wenn du zu Hause bist.«

»Stopp. Wirf mich nicht raus. Ich brauch euch. Kein Mensch hier weiß, dass ich im Netz bin. Hab mit niemandem drüber gesprochen. Ich red hier eh kaum mit jemandem. Lasst mich nicht im Stich. Bitte.«

Pause.

Sie antwortet nicht. Dafür spricht mich Tigerauge an, sie hat von dem Vieraugengespräch zwischen mir und Ina nichts lesen können.

»He, schön, dass es dich noch gibt. Bist du schon schön fett geworden?«

»Ich doch nicht. Die fetten Jahre sind bald vorbei. Nur ihr fehlt mir so sehr.«

Ina schaltet sich ein.

»Okay, kleiner Eisbär. Du darfst in den Chat. Aber nur wenn es unbedingt sein muss. Und pass bitte auf, dass dir keiner auf die Schliche kommt. Sonst sind wir nämlich weg für immer. Dann wirst du uns nie wiederfinden. Vergiss das nicht.«

Blödsinnigerweise nick ich brav und verabschiede mich. Muss eh zur Gruppenstunde.

Paarweise sitzen sich alle gegenüber, ich bin ein bisschen spät dran. Nur gegenüber von Lars ist noch ein Platz frei. Ich lass mich nieder und guck ihn nicht an. Leider ist genau das die Aufgabe. Wir sollen uns gegenseitig ansehen, mustern, studieren und gleich den andern so beschreiben, wie wir ihn sehen. Ach, du Kacke.

Zwei langweilige Streberinnen fangen an. Dann bin ich an der Reihe.

»Ich seh einen Jungen mit magerem Zahnfleisch und einer großen Brille. Unter dem T-Shirt hätt vermutlich auch noch ein Schneemann Platz.«

Lars verschränkt die Arme vor der Brust. Seine Augen starren. Ich lass mich nicht stören.

»Außerdem sind seine Hände und Füße ein bisschen

zu groß. Wie bei 'nem Welpen. Und wenn er geht, muss ich an einen Baum denken, der Angst vor Wind hat.«

»Fertig?« Lars' Stimme ist leise und laut zugleich. Ich nicke und lehn mich zurück. Bin ja mal gespannt, was jetzt kommt.

Lars lächelt.

»Ich seh nur Angst. Ich glaub, jede Zelle in Nele ist randvoll mit Angst. Zum Bersten voll. Deswegen will sie auch abnehmen. Weil sie glaubt, dadurch nimmt auch die Angst ab. Das stimmt aber nicht. Nele, die Angst läuft so lange hinter dir her, bis du dich umdrehst.«

Ich steh auf und geh.

So eine Kacke hör ich mir doch nicht an. Ganz lange sitz ich abends vor der Fensterscheibe, guck abwechselnd raus und in mein Gesicht, das sich spiegelt. Im Raum liegt nur noch ganz fein der säuerliche Geruch nach Magensaft. Obwohl ich schon eine halbe Flasche Shampoo in den Abfluss gekippt hab.

Angst? Ganz bestimmt nicht!

Lars sieht traurig aus, wie er am Morgen vor seiner Teetasse sitzt. Als ich reinkomm, steht er sofort auf, geht auf mich zu.

»Tut mir leid. Ich war so wütend.«

Damit setzt er sich wieder.

So schnell es irgend geht, würg ich meinen Obstsalat runter. Ich muss unbedingt noch in die Bibliothek. Muss gucken, ob Robert mir geantwortet hat. Heut Nachmittag gibt es eine Outdoor-Aktivität. Wer weiß, ob ich dann dazu komm. Von diesen blöden Aktivitäten bin ich nicht strafbefreit. 47 Kilo heute Morgen. Hatte mir ein bisschen mehr erwartet. Also ein bisschen weniger.

Robert hat schon geschrieben. Ich lass laut die Demoversion meines Klavier-PC-Programms laufen und verschlinge die Mail. Es gehe ihm super. So gut wie noch nie. Wie eng es vorher in seinem Leben gewesen sei, merke er erst jetzt. Als sei er die ersten 18 Jahre seines Lebens mit Scheuklappen auf einer Autobahn unterwegs gewesen. Jetzt sei er mal abgebogen auf kleinere Straßen. Auf engere Pfade abseits. Das Praktikum sei wie eine riesige Tankstelle auf dieser Autobahn gewesen. Er bevorzuge kleinere Locations. Ergo habe er in der Firma einfach gekündigt. Spaß habe es ihm ja von Anfang an nicht gemacht. Natürlich habe er auch aus der Firmenwohnung ausziehen müssen. Doch er sei jetzt bei einem Typen aus der Tanzcompany untergekommen, der in einer großen Altbauwohnung zu Hause sei. Ich solle aber Ma und Pa noch nichts sagen. Er wolle das selbst machen. Er wisse nur noch nicht, wie. »Ich drücke dich ganz fest, schließe dich in mein Herz und meine Arme«, lautet der letzte Satz.

Ich bin irritiert. Wegen des letzten Satzes und überhaupt. Ganz egal wie er das unsern Eltern sagen will, die droppen aus. Außerdem passt diese ganze Aktion nicht zu Robert. Das ist nicht mein Bruder, der die Kragen seiner Poloshirts hochgestellt hat. Der die richtigen Freunde, die richtigen Leistungskurse, die richtigen Hobbys hatte. Ich hätte eher gedacht, dass er in der Londoner Firma gleich ein Jobangebot bekommt, nicht dass er da vorzeitig den Abflug macht.

Den ganzen Nachmittag geht mir das im Kopf rum.

Währenddessen machen wir so eine Art Schnitzeljagd mit kombiniertem Survival-Training. Wir müssen mit einem Seil über einen Bach, über Baumstämme jonglieren und so einen Mist. Das Ganze ist so durchsichtig wie Frischhaltefolie. Wir sollen uns im Team und in unserm Körper gut fühlen. Gähn. Als es zum dritten Mal über einen kleinen Fluss geht, lass ich mich reinplumpsen und darf mit nasser Hose nach Hause – also ins Haus – gehen. Da werf ich erst mal ein paar AMs ein, die ich in einer Tamponpackung versteckt hab. Morgen will ich unbedingt endlich unter 47 sein. Und wenn ich dafür kotzen muss. Ist mir egal. Leider klappt das in letzter Zeit nicht mehr so einfach wie früher. Oft muss ich nur würgen, und wenn was kommt, ist es nur schaumiges Zeug. Eklig. Vielleicht sollte ich Ina mal fragen. Vorher aber schreib ich Robert. Ich will wissen, was das für ein Typ ist, bei dem er wohnt. Wann er wieder nach Hause kommen will und was er überhaupt genau mit Pfaden abseits meint.

Ina ist erstaunlicherweise nicht im Chat. Das Tigerauge aber. Sie antwortet mit einem Smiley, als ich von meinen Kotz-Problemen erzähl.

»Kennen wir alle. Versuch es mit Salzwasser oder Seifenlauge. Falls dir das zu eklig ist, legst du dich auf die Seite, eh du dir den Finger in den Hals steckst. Dann kannst du die Knie in den Magen rammen und von unten nachhelfen. Viel Spaß!«

Klingt ja super. Echt reizend.

»Na, hast du heute nasse Füße gekriegt?« Lars lässt sich mit einer riesigen Schüssel Grießpapp neben mir nieder. Ohne hinzugucken, seh ich, dass er mit einem Mundwinkel grinst. Dieser Typ hat echt in einem einzigen Gesichtsausdruck Sonne und Schatten.

»Besser, als noch feucht hinter den Ohren zu sein.«
Ich grinse auch schief.

Vor meiner Fensterscheibe grinse ich nicht mehr. Nichts stimmt. Selbst meine Ohren wirken zu groß. Der Bauchnabel liegt auf einem Berg. Meine Brüste würd ich am liebsten mit Mullbinden fest an den Körper pressen.

Beim Einschlafen versuch ich schon mal, die Knie ganz dicht anzuziehen.

»Wir haben ein Problem.«

Die Schimm notiert eine Zahl und guckt mich an, als sei ich ein falsches Ergebnis.

»46,6 Kilo, Nele. Du bist auf dem absteigenden Ast. Wir haben dir Zeit gegeben. Viel Zeit. Jetzt müssen wir aktiv werden. Du wirst morgen in die andere Gruppe verlegt. Das ist dann deine letzte Chance hier.«

»Andere Gruppe? Was soll das sein? Zwangsernährung per Tropf? Sahnetorte, bis der Dickdarm platzt? Oder was?«

»Du weißt, dass es hier keine Zwangsernährung gibt.

Das ist nicht unser Weg. Wir haben eine Wohngruppe, in der noch stärker inhaltlich gearbeitet wird. Die Wohnung liegt ein paar Kilometer weiter außerhalb. Hat dir noch keiner davon erzählt?«

»Noch weiter außerhalb als hier?«, sage ich verzweifelt.

»Nele, ehrlich gesagt habe ich von Anfang an gedacht, dass du noch nicht weit genug für die offene Gruppe bist. Dass du mit Freiheiten noch nicht umgehen kannst. Wahrscheinlich haben wir dich überfordert. Ich glaube, es tut dir gut, dich mal nur mit dir selbst zu beschäftigen. Ganz ohne Ablenkung. Auch ohne Ablenkung durch dein geliebtes Klavierspiel.«

»Sie wollen mir meinen Laptop wegnehmen?«

»Nur für die erste Zeit.«

»No way.«

»Nele, das ist hier kein Markt auf Mallorca. Ich feilsche nicht.«

Meine Eingeweide fühlen sich an wie schockgefroren. Meine Gedanken knacken wie Eiswürfel unter kaltem Wasser. Ich frier an mir selbst.

»Frau Dr. Schimm«, zittert meine Stimme. »Und wenn ich morgen wieder auf über 47 Kilo bin? Ich schaff das. Unterschätzen Sie mich bitte nicht. Bitte geben Sie mir die Chance. In die andere Gruppe kann ich dann immer noch.«

Sie zögert. Schwankt innerlich, pendelt äußerlich. Ihre Finger trommeln. Ich hör die schiefen Töne dazu. Fürchterlich.

»Wir sehen uns morgen früh«, sagt sie und steht auf.

Was soll das jetzt heißen? Zum Wiegen? Zum Umzug? Ich trau mich nicht zu fragen. Wie unter Trance geh ich raus.

Die Stunden bis zum Mittagessen ziehen sich. Das Essen zieht sich auch. Ich versuch, die Gabel immer wieder zum Mund zu führen. Zu kauen. Zu schlucken. Es geht nicht. Jeder Bissen wird im Mund größer und größer. Ich will das nicht essen. Mein Teller wird nicht leerer. Ich kämpf echt. Aber ich kann nicht. Ich bin so kurz davor. Gerade gehen zu können. Meine Schultern zu straffen. Ich zu sein. In den Spiegel zu gucken und den Blick aushalten zu können. Ich will nicht wieder unter Fett verschwinden. So lang hab ich das ertragen. Hab mich vor mir selbst geekelt. Wenn ich Klamotten kaufen musste, hab ich in den Kabinen mit dem Rücken zum Spiegel gestanden. Irgendwann hab ich die Sachen gar nicht mehr anprobiert. Bis ich Fotos aus dem letzten Sommerurlaub gesehen hab. Letztes Weihnachten hat meine Mutter die rausgeholt und in der Familie rumgereicht. Da hab ich mich wie ein fremdes Wesen gesehen und gewusst, dass ich das nicht mehr sein will. Dieses Speckschwein. Ich bin ziemlich groß. Damit fall ich eh auf. Zusammen mit meinem Gewicht war ich eine Litfaßsäule auf Füßen. Ich hab nur drauf gewartet, dass fremde Menschen Plakate anpappen. Hab dubiose Diäten ausprobiert. Wieder mal. Wieder erfolglos. Und dann hab ich auf einen vorgeschriebenen Kalorienplan verzichtet und einfach versucht, so wenig wie möglich zu essen. Ich hab's geschafft. Ich bin so kurz

vor meinem Ziel. Und jetzt liegt das Ziel an der Start-
linie? Nein. Nicht mit mir.

Die Kartoffeln sind schon lange kalt, als Annalena
sich neben mich setzt.

»Glaubst du, die lösen sich auf, wenn du sie lange
genug anstarrst?«

Ich schüttel nur den Kopf. Keinen Bock auf ihre
Sprüche.

»Was ist denn?«

»Ich muss morgen in diese andere Wohngruppe.
Außer, ich bring ordentlich was auf die Waage. Aber ich
kann nicht.«

Sie guckt mich prüfend an und sagt dann leise: »Vielleicht bringt es was, wenn du ganz kurz vor dem Wiegen
ordentlich was runterschluckst. Was Schweres, was
schnell flutscht.«

»Toll, wie soll ich da drankommen und wie soll ich
wissen, wann ich auf die Waage muss?«

»Abends liegt doch genug rum. Schokoriegel, Käsewürfel, am besten ist dieser Ökokuchen, den es ab und
zu gibt. Schwer wie Blei. Nimm dir davon was mit.
Wenn du zum Wiegen gerufen wirst, gehst du noch
eben aufs Klo. Da hast du den Ballast vorher versteckt.
Rein damit, richtig viel Wasser drauf, ab auf die Waage
und danach Finger in den Hals. Fertig.«

»Und wo soll ich die Sachen auf dem Klo deponie-
ren?«

»Gut verpackt im Bindeneimer.«

»Das ist nicht dein Ernst.«

»Absolut. Zwischen Außeneimer und innerem Plastikeimer ist genug Platz dafür. Glaub mir. Fleisch brauchst du aber erst gar nicht zu probieren. Das wird superzäh. Das kriegst du auf die Schnelle nicht runter.«

Ich nicke und bring ein kratziges »Danke« raus.

Ich möchte mir nicht vorstellen, was passiert, wenn ich meinen Laptop abgeben muss. Der Mondnebel und Robert sind das Wichtigste für mich. Sie sind meine Strohhalme, mit denen ich unter Wasser atmen kann.

Für den Nachmittag haben sich die Chef-Psychos was ganz Tolles einfallen lassen. Wir kochen alle zusammen. Mit vermeintlich Magersüchtigen zu kochen, ist ja wohl so sinnvoll, wie mit Analphabeten in die Bücherei zu gehen. Immerhin ist Lars mit in meiner Gruppe. Als ich verkünde, mich um Pfannkuchen zu kümmern, schließt er sich an. Wir sind ein gutes Team. Ganz kreativ machen wir mit Apfelschnitzen und Blaubeeren lustige Gesichter auf die Teigflatschen. Das Wenden gestaltet sich natürlich zur totalen Sauerei. Ist mir aber egal. Ich will die Dinger ja eh nicht essen. Plötzlich kommen wir uns ins Gehege. Ich steh Lars im Weg. Kurzerhand legt er seine Hand auf meine Hüfte, greift um mich rum.

»Vergiss es.« Meine Stimme ist ein bisschen lauter, bisschen schriller, bisschen hysterischer als beabsichtigt.

Lars zieht die Hand weg, als hätt er sie aus Versehen auf die heiße Herdplatte gelegt. Er mustert mich böse. Wütend.

»Glaubst du echt, ich will dich angraben?«

»Zumindest angrabschen.«

Seine Stimme verändert sich plötzlich. »Süße, glaub mir, ich steh nicht auf dich. So sorry. Vielleicht steh ich ja gar nicht auf Mädchen.«

»Ach so.«

Er klingt plötzlich schwul wie ein rosa Pudel. »Chérie, ich steh auf Haferschleim. Nur auf Haferschleim. Ischliebeschleim.«

»Du bist eklig. Was soll der Scheiß?«

Lars lehnt sich an den Herd, schluckt kurz.

»Nele. Doch, ich steh auf Mädchen. Grundsätzlich. Auf dich nicht. Ich finde dich witzig und amüsant und ehrlich und auch zickig, doof und naiv. Ich mag dich irgendwie. Wenn ich ein Mädchen wär, hätt ich dich gern zur Freundin. Aber mehr ist nicht.«

Er dreht sich um, holt noch Milch aus dem Kühlschrank.

»Außerdem bist du mir zu dünn«, sagt er leise und lacht.

»Selber.«

Tanja kommt vorbei.

»Alles okay?«

»Klar«, antwortet Lars und grinst mich an.

Ina pflaumt mich an, als ich am Abend wieder im Chat bin. Ich solle mich doch nur melden, wenn es absolut notwendig ist. Dumme Sumpfkuh.

»Es *ist* absolut nötig. Morgen werd ich wahrscheinlich weggeschlossen«, fauch ich sie an. Darauf hält sie den Mund. Im Chat sind zwei Neue. Cinderella und DiD.

Die beiden informieren sich genauso naiv wie ich am Anfang über Abführmittel und Co. Tigerauge klärt sie auf.

»Ist es wirklich wahr, dass die Kotzerei die Zähne angreift? Ich hab keinen Bock, bald mit nacktem Kiefer durchs Leben zu gehen«, erkundigt sich DiD.

»Lass dich nicht kirre machen. Das ist totaler Quatsch. Ich kotz seit zwei Jahren und hab noch alle Beißerchen«, kontert die Fee. Man müsse nur gründlich Zähne putzen danach.

»Aber das macht man doch eh wegen des Geruchs«, mischt sich Cinderella ein.

»Genau, sonst schimpft die böse Stiefmutter, ne?«, grinse ich mit Smiley.

»Stimmt. Was heißt denn eigentlich DiD?«, wendet sie sich an die andere Neue.

»Hat was mit Tanzen zu tun. Dancer in the Dark«, erklärt die.

Bisschen strange, find ich, aber so what. Wir klönen und lästern noch ein bisschen. Obwohl ich die Mädels alle noch nie in meinem Leben gesehen hab, fühl ich mich bei ihnen zu Hause. Die wissen genau, was in mir vorgeht. Natürlich drücken mir alle für morgen die Daumen. Und es wirkt. Auf dem Weg zum Wiegezimmer mach ich einen Abstecher zum Klo, wo ich gestern nach dem Abendessen zwei fette Schokoriegel und eine Handvoll Käsewürfel versteckt hab. Die sind zwar ziemlich zermatscht durch den Eimer, aber das ist mir schnurz. Ich schling sie, so schnell es geht, runter, halt den Mund unter den Wasserhahn. Karamellfäden pappen trotzdem fast meine Zähne zusammen. Das ist definitiv schädlicher als Kotzen.

47,4 Kilo.

Die Schimm lässt mich noch mal absteigen, wieder aufsteigen. Glaubt es nicht. Mir ist übel von der Zuckerbombe in meinem Bauch. Brauch gleich definitiv kein Salzwasser, wahrscheinlich noch nicht mal 'nen Finger.

»Schön«, kommentiert die Schimm endlich. »Dann kannst du ja auf dein Zimmer gehen. Ich komm mit, unsere Gesprächstherapie fängt ja eh gleich an.«

Die Alte spinnt. Ich kann doch jetzt nicht vor ihren Augen schon wieder aufs Klo. Ich spür, wie mein Magen sich umstülpen will. Ich konzentrier mich drauf, immer wieder Spucke runterzuschlucken, ruhig zu atmen. Ich weiß nicht, über was sie mit mir spricht.

Direkt nachdem sie gegangen ist, brech ich aufs Kopfkissen. Den ganzen Tag über hab ich den Geruch von Schokolade in meiner Nase. Das schaff ich morgen nicht noch mal. Im Chat freuen sich alle erst mal mit mir.

Cinderella lässt sich gerade über ihre Mutter aus. Kommt mir alles nur zu bekannt vor.

»Meine Mutter schafft es, Schwarzwälder Kirschtorte mit dick Sahne zu essen und sich dann über kneifende Klamotten zu ärgern. Wenn ich schon seh, wie sie stöhnend den Knopf an der Hose öffnet, krieg ich Pickel«, schreibt sie. Könnt meine Mutter sein. Die hat die Unart, mir ihren Löffel mit irgendwas drauf hinzuhalten und zu sagen: »Mmh, lecker, probier mal.« Vorzugsweise bei Mousse au Chocolat aus der Familienpackung. Superfies. Tigerauges Ma scheint auch nicht ohne zu sein. Die ist zwar auf dem absoluten Sporttripp, kippt sich aber am Abend gern mal ein paar Cocktails in den Rachen.

»Wie doof ist das denn? Da kann sie doch gleich mit einem Eis in der Hand joggen gehen«, amüsiert sich Tigerauge.

»Ich weiß gar nicht, was ihr euch so aufregt. Lasst die doch ihr Leben leben, wir leben unseres«, mischt sich DiD ein. »Meine Alten werden mich eh nicht verstehen, geschweige denn respektieren. Ich weiß, was die in mir sehen wollen, und das servier ich ihnen. Fertig.«

Die macht es sich ganz schön leicht.

Ich weiß, was die Schimm morgen von mir sehen will. Was sie auf der Waage sehen will. Ich weiß echt nicht, ob ich das noch mal hinkrieg. Reinstopfen, rauswürgen. Ich dreh noch eine Runde durch den Park, renn, bis ich nicht mehr kann, und lass mich dann einfach auf den Boden fallen. Ich bin im hinteren waldigen Teil. Es riecht feucht. Was Mia jetzt wohl gerade macht? Sie fehlt mir. Vielleicht wüsste sie einen Rat. Obwohl – wahrscheinlich nicht. Die würde sagen: »Mensch, dann iss doch was.« Sie versteht einfach nicht, warum ich diese Diät mach. Dass sich das gut anfühlt. Natürlich schmecken Chips irgendwie gut. Noch mehr hab ich eigentlich Flips geliebt. Aber am besten schmeckt es, sie nicht zu essen. Stärker zu sein als so eine schnelle Gier auf irgendwas. Ich hab ihr mal versucht zu sagen, dass unreine Haut und Pickel schließlich auch von zu fetter Ernährung kommen. Die war total stinkig.

Ich glaub nicht, dass sie in den letzten Tagen ein Mal an mich gedacht hat.

Plötzlich schreck ich hoch. Jule und Annalena stehen vor mir.

»Nanu, wer liegt denn da?«, staunt die kleine Jule.

»Ist dir nicht gut?«, will Annalena wissen. Ich beruhige sie.

»Das Einzige, was mir im Magen liegt, ist der Gedanke an morgen. An die Scheißwaage. Heute hat mich die Schimm direkt nach dem Wiegen vollgelabert. Ich konnte fast spüren, wie sich die Schoko in meinem Körper breitgemacht hat. Die Nummer war echt hart.«

»Es gibt ja noch andere Wege.« Annalena lehnt sich an einen Baum, guckt mich prüfend an. Leise spricht sie weiter. »Hast du auch so schöne Vorhänge im Zimmer? Wie perfekt die fallen, nicht?«

Will die Innenarchitektin werden, oder was? Was soll der Mist?

»Ja, superschön. Ist mir gleich aufgefallen. Ich überleg schon, ob ich die mit nach Hause nehm«, antworte ich zickig.

»Weißt du, warum die so gerade runterfallen? Da ist unten eine Kette drin. Sehr dünn, aber sehr schwer.«

Ich starr sie an. Fang an zu begreifen.

Echt clever.

Langsam spür ich ein Grinsen in meinem Gesicht.

»Warum hast du mir den Tipp nicht eher gegeben?«

»Wollt erst mal sehen, ob du es ernst meinst.«

Ruckartig dreht sie sich um und Jule folgt ihr Richtung Haus.

Ich guck natürlich sofort nach. Es stimmt. Die Kette ist in eine kleine Stofftasche eingenäht und lässt sich supereasy rausziehen.

Ich scheiß auf Ina und ihr Rumgezeter und geh noch kurz in den Chat. DiD ist immer noch da und erklärt gerade ihren merkwürdigen Nickname. Sie tanze gern und habe die Dunkelheit für sich entdeckt. Da sei ihr der Filmtitel eingefallen. Find ich irgendwie cool.

»Eigentlich war immer alles hell in meinem Leben. So gerade und klar. Meine Eltern haben mir echt alles ermöglicht. Haben mich echt super gefördert. Die sind halt total stolz. Nur das mit dem Tanzen haben sie nie so ernst genommen, dabei ist es für mich das Wichtigste auf der Welt. Erst dann spür ich mich richtig. Dann erst lebe ich. Wenn ich nach drei, vier Stunden völlig verschwitzt in der dämmrigen Halle steh, dann bin ich ich.«

Ich weiß genau, was sie meint. Ich kenn das vom Laufen und vom Klavierspiel. Wenn man jenseits des Punktes ist, an dem man eigentlich aufhören will. Dann noch einen Schritt weitergeht. Und noch einen. Dann fängt ein anderes Land an. Manchmal hab ich dann das Gefühl, ich müsste noch nicht mal mehr atmen und würd trotzdem weiterleben.

Ich hab die kleine Kette ganz dünn mit Toilettenpapier umwickelt, damit es nicht klackert in meinem Slip. Es fühlt sich trotzdem eklig an, aber es funktioniert. 47,9 Kilo.

»Das gefällt mir gut«, freut sich die Schimm. Wahrscheinlich würd ihr weniger gut gefallen, wie lustig meine Vorhänge jetzt im Wind wehen. Meine Gedanken wehen ebenso lustig. Für die nächsten Tage leih ich mir einfach noch die Ketten von Jule oder Lars oder wem auch immer, mein Gewicht wird erfreulich ansteigen und ich werd gesund nach Hause fahren.

Ich schaff es vor der Gruppensitzung noch mal eben in den Chat. Muss mir unbedingt mal eine neue Demoversion von irgendeinem anspruchsvollen Klavierstück runterladen. Ich lass hier immer so eine schwere Ballade im Hintergrund laufen. Das macht mich noch ganz trübsinnig.

Ich will eigentlich nur kurz Hallo sagen, einen kleinen Plausch halten und werd mit »ACHTUNG« empfangen.

»Es ist mal wieder so weit«, schreibt Ina in fetten roten Lettern. »Wir machen auf vielfachen Wunsch einen neuen Contest, und zwar einen 48-Stunden-Fastenbrecher. Beginn ist um zehn Uhr. Übermorgen um zehn müssen die Teilnehmer ihre Essensliste in einem separaten Dokument an mich schicken. Ich küre dann den Gewinner oder die Gewinnerin. Ich wünsche euch wenige Brecher :). Und wie immer. Bis dahin: keinen Kontakt, kein Chat.«

Was ist das denn jetzt schon wieder? Unter vier Augen quatsch ich Tigerauge an und frag sie.

Was Ina meint, ist: Wer in den nächsten 48 Stunden am wenigsten zu sich nimmt, gewinnt.

»Wir machen öfter mal so kleine Wettbewerbe. Das hilft ungemein«, erläutert Tigerauge.

Ich klinke mich aus. Dabei hab ich eh keine Chance. Die Mädels hier sind alle um Längen besser als ich, aber schließlich leb ich auch grad unter verschärften Bedingungen. Wie wenig essen Anas wohl in 48 Stunden? Die Frage geht mir auch in der Gruppe nicht aus dem Sinn. Und bekommt man wohl Extrapunkte fürs Brechen?

Bei Brechen fällt mir plötzlich Lars auf. Er sieht echt kacke aus. Die Haut ist grau. Wär er ein Hund, würd ich sagen, er hat stumpfes Fell. Sein Blick passt dazu. Er tut mir leid, vor allem weil er so angestrengt fröhlich wirkt. Als könnte er irgendjemanden täuschen. Als ich nach der Stunde am Schwesternzimmer vorbeikomm, sprech ich die junge Frau im weißen Kittel an.

»Ich mach mir Sorgen um Lars. Ist das denn normal, dass einer nach einer Chemo so lang so fertig ist?«

Sie guckt mich mit Murmelaugen an.

»Chemo? Kindchen, da verwechselst du was. Der hat ja schließlich keinen Krebs. Der hat andere Sorgen.« Damit dreht sie sich um.

Mechanisch geh ich in mein Zimmer. Lars hat mich angelogen. Eiskalt. Hat mir eine miese Mitleidsnummer aufgetischt. Wahrscheinlich simuliert er die ganze Zeit. Hat bestimmt nur nervöses Magenzucken oder Sodbrennen. Das kleine Arschloch. Auch nach meiner Joggingrunde ist meine Wut nicht abgekühlt. Meine Lunge brennt, alles tut weh, und trotzdem hätt ich noch genug Power, Lars mit voller Wucht in den Magen zu boxen. Richtig tief rein. Ich muss mich total beherrschen, als ich mich beim Essen neben ihn setz. Ganz langsam kau ich ein paar Paprikastreifen, wart, bis er von seinem Schleimfraß hochguckt.

»Mensch, Lars, du tust mir ja so leid. Echt. Erst diese fürchterliche Diagnose, dann die Horror-Chemo und jetzt geht es dir immer noch so mies. Dazu kommt doch bestimmt noch eine grässliche Angst, dass der Krebs wiederkommt, oder?«

»Mmmh.«

Der Wichser.

»Vielleicht haben sich ja schon neue Metastasen gebildet.«

»Glaub ich nicht.«

»Das kannst du doch nicht wissen.«

Er guckt verwirrt.

»Vor allem weil du doch gar keine Chemo gekriegt hast, wie mir gesagt wurde. Da hat der Krebs doch tolle Chancen. Das tut mir soooo leid.«

Ich bin ein bisschen zu laut geworden. Die Augenpaare ringsum richten sich auf. Lars schiebt seinen Teller abrupt weg. Schleim tropft fies auf den Tisch.

»Weißt du, Nele, die Kacke, die bei mir unten nicht rauskommt, die kommt dafür aus deinem Mund.«

Damit lässt er mich sitzen. Ganz cool ess ich meinen Salat zu Ende, ignorier die fragenden Blicke. Die perlen an mir ab.

Ich spür beim Essen, wie meine Uhr locker am Handgelenk hoch- und wieder runterrutscht. Ich spür die Jeans nur noch ganz leicht auf der Hüfte, seh, dass sich auch im Sitzen mein Bauch nur noch wenig wölbt. Das allein ist wichtig. Was interessiert mich Scheiß-Lars

mit seinen eingebildeten Krankheiten? Der Wichtig-
tuer.

Mit einem lauten Knall zerplatzt am Nachmittag
meine gute Laune. Ich bin kurz zu Jule rüber und hab
sie um ihre Vorhangkette gebeten. Sie hat nur trocken
gelacht.

»Du spinnst wohl.«

»Warum nicht?«, frag ich erstaunt.

»Erstens weiß man doch nie, wann man die mal
braucht, und zweitens, was ist denn, wenn sie dich er-
wischen? Meinst du, die geben mir mein Ding dann
zurück? Vergiss es.«

Ich treff Tanja auf dem Flur, meld mich wegen Bauchschmerzen von der Gruppenstunde ab.

»Ich glaub, ich krieg meine Tage wieder«, lüg ich sie
an. Sie sieht fast ein bisschen glücklich aus.

»Dann leg dich einfach ins Bett.«

»Ja. Danke«, sag ich leidend.

Ich setz mich an meinen kleinen Tisch. Versuch nach-
zudenken. Seit ganz, ganz Langem hab ich endlich das
Gefühl, dass ich aufrecht gehen kann. Dass ich gern an
mir runterseh. Dass ich keinen Horror davor hab, mich
abends auszuziehen, weil ich meinen schwabbelnden
Bauch, meine fetten Beine nicht ansehen muss. Das al-
lererste Mal seit Ewigkeiten bin ich kurz davor, JA zu
sagen. Vielleicht noch ein Kilo. Höchstens zwei. Ein
Klacks eigentlich. Und gleichzeitig sitz ich hier und
muss mir überlegen, wie ich morgen eine fette Zahl auf
die Waage krieg. Das ist ungerecht.

Kurz vor der Konfirmation hatte meine Mutter mir ein Kleid gekauft. Echt schön. Schweineteuer bestimmt. Die Ärmel waren ein bisschen zu kurz. Ihr einziger Kommentar dazu: »So warm wird es im Mai nicht sein. Da kannst du gut noch eine Strickjacke drüber anziehen.«

Nicht das Kleid war falsch. Ich war falsch.

Und jetzt bin ich wieder falsch. Pass nicht in eine Norm, nicht in die Form. Ich könnte kotzen.

Wenn ich könnte.

Vom Tümpel hör ich einen riesigen Aufschrei. Ich geh zum Fenster. Der Neue steht im Wasser. Das weiße T-Shirt klebt an seinem Oberkörper. Nicht schlecht. Jetzt watet er an Land, rennt auf Jule zu und reißt sie völlig überraschend mit, um sie auch ins Wasser zu werfen. Die Barbie ist völlig baff und taucht prustend wieder auf. So ähnlich sollte sich das anfühlen, jetzt, mit Mia am Starnberger See. Prustend und lachend. Ausgelassen. Nicht eingesperrt. Als ich auch zum Teich schlender, hab ich mir gründlich die Nase geputzt. Ich lass mich neben Annalena ins Gras fallen.

»Ist heut Badetag?«

Sie lacht. »Sieht so aus. Jule hat schon ihr Seepferdchen gemacht.«

»Hab ich gesehen.«

Sie will aufstehen. Ich muss mich beeilen. »Du verleihst deine Gardinenkette bestimmt auch nicht, oder?«

Sie lächelt entschuldigend zu mir runter. »Ganz bestimmt nicht.«

Ich nicke nur. Einen Versuch war's wert. Annalena hockt sich noch mal hin.

»Aber geh doch zu den Schiffchen-Fahrern. Die können dir helfen.«

Ich guck zu den drei Typen, die sonst ihre Boote hier fahren lassen. Sie sitzen auf der andern Seite des Teichs.

»Super Idee. Ich steck mir morgen früh einfach so 'nen Tanker in den BH. Das merkt kein Schwein.«

Sie grinst.

»Vielleicht nicht den ganzen Tanker. Aber weißt du eigentlich, warum die so unkippelig im Wasser liegen? Die haben ein sehr, sehr schweres Gewicht unten dran.«

Sie steht auf und geht.

Sprachlos guck ich ihr hinterher. Ist das ihr Ernst? Ich tu so, als würd ich mein Gesicht in die Sonne halten, und blinzel zu dem Trio und den Schiffen rüber. Seh nichts. Neugierig steh ich auf, schlender ein bisschen rum, rupf ein paar Gräser aus und setz mich schließlich auf der andern Seite auf die Wiese.

Annalena hat recht. Die Boote haben so kleine Metallbomben unterm Kiel. Einer der Typen sieht meinen Blick. Grinst mir frech in die Augen.

»Interessiert?«

»Die Seefahrt hat mich schon immer interessiert.«

Er fängt an, mit seinem Kahn zu spielen. Hält ihn hoch, dreht ihn und schraubt schließlich die Bombe ab.

»Ganz schön schwer.«

»Zeig mal.«

Er grinst breiter.

»Gern. Zehn Euro. Bis morgen Mittag.«

Ich zieh meine Hand zurück.

»Fünf Euro.«

»Klar. Fünf Euro bis heute Abend.«

Er weiß genau, dass mir das nicht hilft. Heut Abend muss ich auf keine Waage mehr.

»Vergiss es.«

Ich lass ihn sitzen. Ich hab nur noch zwanzig Euro. Da werd ich bestimmt nicht zehn Euro für so einen Metallpropfen zahlen. Und außerdem: Was soll ich damit machen. Mir kommen fiese Fantasien. Keine davon will ich weiterspinnen.

Ich hab das Gefühl, schon seit drei Stunden zu essen, und mein Teller wird nicht leerer. Ich hab mal einen Bericht über einen Essversuch gelesen. Leute saßen vor einem Teller Suppe, der von unten durch einen Schlauch immer nachgefüllt wurde. Die Leute aßen und aßen und es wurd nicht weniger. So einen Teller hab ich auch grad. Ich hab bestimmt schon ein halbes Pfund Reis mit zähsahnigem Hühnerklump dazu gegessen. Mein Magen steht kurz vor dem Kollaps. Ich stell mir vor, wie er platzt und die unzähligen Reiskörner überall in mir rumfliegen. Ich schließ die Augen, ess weiter. Mein Mund ist ganz trocken, ich hab nicht genug Spucke, damit die Masse irgendwie die Speiseröhre runterflutscht. Noch vier Gabeln. Ich ring mit mir, ring nach Luft. Mein Puls hämmert in meinen Ohren. Ich spür, wie winzige Schweißperlen aus den Poren treten. Ich schaff es, meinen Teller wegzubringen, auf mein Zimmer zu gehen. Plötzlich hab ich ganz viel Spucke im Mund. Viel mehr, als mir lieb ist. So fängt ein Kotzreiz an. Ich schluck. Mein Magen begehrt auf. Nichts würd ich jetzt lieber tun, als alles wieder loszuwerden. Aber dann war der Kampf umsonst. Dann heißt es morgen Koffer packen. Ein Martinshorn lenkt mich ab. Von meinem Fenster aus seh ich, wie zwei Sanis ins Haus gehen, schnell mit einer Trage wieder rauskommen. Wenn da nicht diese blonden Haare wären, würd ich sagen, die Trage war leer. War das Jule? Mit Blaulicht verschwindet das Auto. Die Spucke wird weniger, ich atme ganz ruhig, besänftige meinen Magen.

Auf dem Weg zur Bücherei schnapp ich Worte auf wie »Lungenentzündung«, »Kreislaufkollaps« und »künstliches Koma«. Morgen früh köcheln in der Gerüchteküche bestimmt schon Worte wie »Nierentransplantation« und »Gehirntumor«.

Als ich die fette Betreffzeile seh, freu ich mich. Robert hat geschrieben. Ich öffne die neue Mail und freu mich nicht mehr. Er hat mir ein Bild geschickt. Von seiner Dance-Company. Dreimal guck ich mir jedes Gesicht an, bis ich meinen Bruder entdecke. Er hat die Haare ab. Die dicken Locken. Was der jetzt noch auf dem Schädel hat, tragen andere Typen als Dreitagebart. Dazu trägt er ein weißes Unterhemd und Jogginghose, die er bis zu den Knien hochgerollt hat. Er sieht ein bisschen nach amerikanischem Unterwäsche-Model und ein bisschen aidskrank aus. Ich bin völlig schockiert. Wenn Mama und Papa das sehen, ist der schneller wieder zu Hause, als er die Hose runtergerollt hat. Ich starr ihn an. Sein Gesicht ist schmaler ohne die Haare. Die Wangenknochen treten stärker raus. Er wirkt zerbrechlicher, aber auch härter. Und ich muss zugeben, dass er in das Bild passt. Elf Tänzer und Tänzerinnen posieren in einer alten Fabrik. Vor allem die Mädels sehen super aus. Ganz vorn sitzt eine junge Frau. Sie sitzt im Profil, hat die Knie an den Oberkörper gezogen, die Arme hinten aufgestützt. Jede Sehne, jeder Muskel unter der Haut wirkt wie mit festem Strich gemalt. Ein anderes Mädel verweilt offenbar gerade in einer Art Pirouette. Sie trägt nur einen Body mit einem dicken Gürtel drum. Das alles könnt auch ein Ausschnitt aus einem Video sein.

Ich fahr den Rechner wieder runter, ohne Robert zu antworten. Ich weiß nicht, was ich davon halten soll. Er hat sich verändert. Ist mir irgendwie fremd. Lang lieg ich im Bett und versuch, mir vorzustellen, ich würd zu dieser Gruppe gehören. Ich hör höhnisches Gelächter. Nele im Body. Gegen diese Vorstellungen sind meine Magenkrämpfe harmlos.

Egal was ich mach, egal was ich will – Robert ist schon da. Und er ist besser.

Um fünf werd ich wach, und ich weiß, wenn ich nicht in zehn Sekunden auf einem Klo sitz, gibt es eine riesige Schweinerei. Um kurz vor sechs sitz ich immer noch da. Hab meinen Kopf auf meine Arme gelegt. Es kommt immer nur Wasser, dabei fühlt es sich an, als wollte mein Darm mit raus. Mein Körper kämpft mit unsichtbaren Dämonen. Ein paarmal hab ich versucht aufzustehen. Ich hör die Tür, rappel mich hoch. Bin hier wohl sitzend eingeschlafen. Die Schimm fragt vorsichtig: »Nele, bist du da drin?«

»Ja.«

»Schon länger?«

»Ja.«

»Brauchst du Hilfe?«

»Nein. Nur Toilettenpapier.«

Sie reicht mir eine neue Rolle unter der Tür durch.

»Ich gucke später noch mal nach dir.«

Die Tür geht wieder. Kein Wort vom Wiegen.

Irgendwann findet mein Darm wohl nichts mehr, was er rauswerfen kann. Ich bin noch nicht ganz wieder im Bett, als mir Tanja heiße Brühe bringt.

»Vor dem Wiegen dürfen wir nichts essen«, belehr ich sie.

»Iss.«

Noch 24 Stunden bis zum Mondnebel. Ich möcht jetzt mit jemandem reden. Ausgerechnet heut wird noch nicht mal in der Gruppenstunde gesprochen. Hätt mir auch gereicht, andern zuzuhören.

Wir müssen uns mal wieder gegenseitig malen. Ich bilde mit Ben ein Team. Das ist einfach. Ich mal einen Porsche. Erstens kann ich einen Porsche gut malen und zweitens erinnert mich Ben an einen Sportwagen. Schnell, viel Chrom, vielleicht ein bisschen gefährlich. Als mir Ben »mich« zeigt, stutz ich. Es ist ein Mensch, der gerade aus einem Bild geht.

»Siehst du mich am liebsten von hinten?«, frag ich ihn lachend.

»Nein. Das bist du nicht. Du bist das hier unten.« Er zeigt auf einen grauen Klecks am unteren Bildrand. »Du bist wie ein Schatten.«

Ein Schatten. Möchte ich ein Schatten sein? So flüchtig und nicht greifbar. Das gefällt mir. Aber Schatten von was?

Am Nachmittag fühl ich mich fit genug, um die Laufschuhe anzuziehen. Im Wald ist es angenehm kühl. Leider meldet sich nach ein paar Kilometern mein Bauch zurück. Eine Messerklinge scheint sich durch meine Organe zu rammen. Ich lass mich auf ein kleines Fleckchen Gras fallen, zieh die Beine an. Ich bin ein einziger Krampf. Sofort spür ich es warm und feucht zwischen meinen Beinen. Es stinkt bestialisch. Ich hab mir in die Hose gekackt. Vor Abscheu drück ich die Augen fest zu. Der Schmerz wird ein bisschen flacher. Es ist keine Machete mehr, nur noch ein kleines Küchenmesser. Kalter Schweiß, der nicht vom Joggen kommt, klebt auf meiner Haut. Ich ekel mich und überleg, was ich jetzt tun soll. Ich kann doch nicht mit einer vollgeschissenen Hose zurück. Ich kann auch nicht ohne Hose zurück. Ich weiß gar nicht, ob ich vor Wut oder Fassungslosigkeit anfang zu heulen. Ziellos werf ich mit Dreck um mich. Vielleicht ist ja hier irgendwo ein Bach, wo ich die Hose auswaschen kann. Oder ich wart, bis es dunkel wird, um zum Teich zu schleichen.

Weil ich den Kopf in die Hände gestützt halt, hab ich ihn nicht kommen sehen. Erst als Lars ganz dicht vor mir steht, registrier ich ihn.

Ausgerechnet.

»Was machst du denn hier?«, will er wissen. Aus seinen Ohrstöpseln quatscht noch ein Hörbuch.

»Pause«, sag ich zu seinen ausgelatschten Schuhen.

»Ist alles in Ordnung?«

»Nein. Ich brauch 'ne neue Hose.«

»Okay.«

Damit geht er. Ich bleib in meiner eigenen Kacke sitzen und frag mich, ob er mir wohl wirklich eine bringt und ob ich ihm jemals wieder ins Gesicht gucken kann.

Als er nach 20 Minuten zurück ist und mir eine Jogginghose von sich bringt, hat er noch eine Plastiktüte dabei und eine Rolle Klopapier. Ein ganz kleines bisschen hatte ich gehofft, dass er es nicht rafft. Dass er vielleicht denkt, ich hätt meine Tage bekommen. Er drückt mir alles in die Hand und ist wieder weg. Hat noch nicht mal die Ohrstöpsel rausgenommen. Muss ja ein spannendes Buch sein.

Ich verbrauch fast die ganze Rolle, um mich sauber zu machen. Auf dem Weg zum Haus stopf ich die Tüte mit der alten Hose und dem Papier in den nächsten Mülleimer.

Ich muss mich zwingen, die Dusche abzustellen. Immer wieder lass ich das Wasser brühend heiß und eiskalt über meinen Körper laufen. Mit der Nagelbürste schrubb ich jeden Quadratzentimeter Haut. Mit meinem Einwegrasierer hab ich alle Haare außer auf dem Kopf entfernt. Die Klinge war zum Schluss schon ganz stumpf. Unter den Achseln blute ich ein bisschen. Aber unter der Dusche sieht so was ja immer schlimmer aus.

Ich bin eine der Letzten im Speisesaal. Die Haare hab ich, als sie noch nass waren, streng hochgesteckt. In die Taschen meiner Jacke hab ich kleine Plastiktüten geschoben. Da stopf ich jetzt das Essen rein. Ich weiß genau, ich muss gar nicht versuchen, hier irgendwas zu essen. Für die Waage morgen früh steck ich mir drei Mars und zwei Scheiben Vollkornbrot in die Hosentaschen. Ich bin eine der Ersten, die aufsteht und geht. Ich weiß nicht, ob Lars mich gesehen hat. Ich hab ihn gesehen und geschafft, ihn nicht anzugucken. Auf meinem Zimmer wasch ich seine Hose mit sehr, sehr viel Seife und Gesichtswasser aus und fön sie trocken. Am liebsten würd ich sie desinfizieren. Eigentlich hatte ich vor, sie ihm gleich vorbeizubringen. Aber ich trau mich nicht. Mich zieht es eher in die Bücherei. Ich will Robert noch antworten. Weiß nur noch nicht, was. Erfreut stell ich fest, dass ich schon eine neue Mail von ihm hab.

»Fandest du das Foto *nicht* so gut? Ich habe doch gesehen, dass du es schon angeguckt hast. Oder hast du mich nicht erkannt :). Ja, kleine Schwester, ich habe mich verändert. Und es tut mir sooo gut. Als wäre aus einer dicken Larve ein Schmetterling geworden. Ich treibe hier nicht mehr in einem zähen, dickflüssigen

Strom. Ich lasse mich von Luftschicht zu Luftschicht tragen. Oder klingt das zu poetisch? Vielleicht. Aber ich komme gerade aus einem Pub. Hicks.«

Von Luftschicht zu Luftschicht? Wie viel hat der denn getrunken?

»Dann pass nur auf, dass du nicht in einen Sturm gerätst.«

Was soll ich sonst schreiben? Mir fällt nichts ein. Robert ist nicht nur ein paar Hundert Kilometer und eine Stunde Zeitverschiebung entfernt. Das sind Schattenjahre.

Als ich aus der Bücherei komm und direkt in Lars renn, hab ich das Gefühl, der stand da schon. Der ist nicht vorbeigegangen. Der hat da gewartet. Er ist auch nicht sehr überrascht.

»Hast du mal einen Moment?«

»Ich fürchte, ich hab noch mehr Momente, als mir lieb ist.« Nur zu gern würd ich einen Satz wie »Nach einer Chemotherapie sieht man das bestimmt anders«, anhängen. Aber ich verkneif's mir.

»Hast du mal einen Moment für mich?« Er wirkt genervt.

»Ja. Ich wollte dir übrigens noch deine Hose bringen.«

»Das kann warten. Komm mit.«

Ich folg ihm und lande auf seinem Zimmer. Hier sind mehr Bücher als in der sogenannten Bücherei.

Er setzt sich im Schneidersitz aufs Bett und spricht zu seinen Schuhsohlen.

»Tut mir leid, dass ich dich angelogen habe. Ich hatte nie Krebs, habe nie eine Chemo gemacht. Aber wenn man ein Mädchen trifft, das man irgendwie nett und witzig findet, erzählt man nicht, dass einem bald wahrscheinlich die Scheiße aus dem Bauch quellen wird. Ich stehe kurz davor, einen künstlichen Darmausgang zu bekommen. Vielleicht nur vorübergehend, vielleicht auch nicht. Ich habe eine diffuse Dünndarmerkrankung. Seit Jahren schon. Demnächst wird mir wohl der Arsch zugenäht und ich bekomme ein Ventil an den Bauch. Appetitlich, nicht? Ich weiß nur noch nicht, ob ich damit auch furzen kann.«

Er lacht hässlich. Seine Schuhsohlen verziehen keine Miene.

»Mit so einem Teil muss man andauernd furzen. Ob man will oder nicht. Unser Schulzahnarzt hatte so was. Voll eklig.«

Als ich das letzte Wort ausgesprochen hab, wird mir klar: Das war nicht nett. Das war superdoof.

Lars lacht allerdings ein bisschen befreit.

»Schön zu wissen. Kennst du den Anfang von ›9 1/2 Wochen‹? Da behauptet nämlich ein Junge, er könne die Titelmelodie vom Weißen Hai pupsen. Das war immer mein Traum.«

»Sind nur zwei Töne.«

»Immerhin. Kannst du mehr?«

Ich schüttel den Kopf. Eigentlich hab ich 500 Fragen im Kopf, aber ich stell nur die eine.

»Kann ich die Kette aus deinem Vorhang haben?« Ich zeig ihm, was ich meine. Er nickt traurig.

»Wenn du meinst, dass dir das hilft.«

Ich sitz auf meinem Bett. Lass Lars' Kette von einer Hand in die andere gleiten. Wie ein Gebetsband. Sie kommt mir noch ein bisschen schwerer als meine vor. Vielleicht ist sein Vorhang breiter. Er tut mir echt leid. Das muss der Horror sein. Wo so ein Ausgang dann wohl angebracht wird? Direkt vorn, so wie ein zweiter großer Bauchnabel? Am Rücken? Aber wie soll man dann drankommen zum Öffnen? Überhaupt: Wie öffnet man den? Mit einem Schraubverschluss? Kein Wunder, dass Lars so kacke aussieht. Bei den Zukunftsaussichten ginge es mir auch nicht gut.

47,2 Kilo.

Die Schimm guckt mich fragend an.

»Du warst doch schon auf einem aufsteigenden Ast.« Ich nicke.

»Hatte heftigen Durchfall.«

Sie schweigt mich weiter an.

»Vieles ist neu für mich«, versuch ich es zaghaft.

Ich seh, dass ihr das gefällt. Es ist neu für Nele, zu essen. Das schlägt dem armen Mädchen einfach auf den Magen. Aber eigentlich will sie ja. Und das zählt. Ich kann die Gedanken fast auf ihrer Stirn lesen. Sie nickt und lächelt mir kurz müde zu. Vielleicht hatte sie Nachtschicht. Als ich mich anzieh, rutscht mir beinah die Kette aus dem BH. Das wär's noch. Beim Frühstück seh ich Lars nicht. Gott sei Dank. Ich weiß gar nicht, wie ich ihn jetzt behandeln soll. Irgendwie ekel ich mich ein bisschen vor ihm. Ich weiß, dass das gemein ist. Aber ich kann nichts dagegen tun. Auch in der Gruppenstunde ist er nicht. Wir machen eine Tanzstunde. Salsa und Merengue. Eigentlich super. Ich lieb diesen Rhythmus. Doch nach einer halben Stunde ist das Messer wieder da, wühlt sich durch meine Eingeweide. Außerdem ist mir total kalt. Obwohl ich schwitze. Ich meld mich bei Tanja ab, die das erstaunlich gelassen zur Kenntnis nimmt. Erst leg ich mich mal aufs Bett und ärger mich. Eigentlich könnt ich jetzt total ungestört in die Bücherei gehen. Die 48 Stunden sind um. Wer wohl gewonnen hat? Und mit wie viel?

Ich muss eingeschlafen sein. Als ich wach werd, sitzt Lars auf meinem Bett und liest. Vom Baumeln seiner Beine wird mir fast schwummerig.

»Willst du deine Hose holen? Die liegt auf dem Stuhl.«

Der soll nicht nur mit dem Baumeln aufhören. Der soll abhauen.

»Die Hose? Ach so. Nehm ich gleich mit. Aber erst noch spielen wir Mama, Papa, Kind.«

»Wie bitte?«

»Papa ist auf der Arbeit, ich bin Mama, du bist Kind, und ich bestimme, dass du jetzt was essen musst.«

Er nimmt eine Suppentasse vom Nachttisch, tunkt einen Löffel in einen Joghurtbrei.

Ich starr ihn an.

»Einen Löffel für Mama.«

Er hält ihn mir direkt vor den Mund.

»Vergiss es«, zisch ich ihn durch die Zähne an.

»Wenn *du* nicht isst, ess ich auch nichts.«

»Mir doch egal. Ich bin krank, mir ist schlecht, darum kann ich nichts essen.«

»Andersrum. Du isst nichts, darum bist du krank. Nimm: einen Löffel für Lars.«

Ich schüttel den Kopf.

»Okay. Dann machen wir jetzt Doktorspiele. Wenn dir das lieber ist.«

Er grinst frech. Und ich kann nicht anders, ich muss total lachen.

»Gib mir den Löffel.«

Ich ess die halbe Tasse leer. Ganz hinten in seinen Augen seh ich, wie glücklich ihn das macht. Mich beruhigt der Gedanke, dass ich dafür ja das Mittagessen schwänze.

»Wo warst du eigentlich heute Morgen?«

»Ich hatte Untersuchungen. Zurzeit hat sich alles ein bisschen stabilisiert. Die Entzündungswerte sind zurückgegangen. Vielleicht muss ich doch nicht operiert werden. Sehen wir uns später am Teich?«

Ich nicke, bin irgendwie schon wieder müde. Trotzdem zieht es mich sofort nach Lars' Verschwinden in den Mondnebel.

Tigerauge hat gewonnen. Sie hat seit vorgestern drei Tomaten, eine Grapefruit, zwei Scheiben Knäckebrot und 200 Gramm Kräuterquark gegessen. Von allen Seiten hagelt es Glückwünsche. Na ja. Ehrlich gesagt hätt ich mir das auch zugetraut. Das schreib ich natürlich nicht. Die Tänzerin im Dunkeln spricht es für mich aus.

»Glückwunsch, Tigerauge. Aber hier geht es doch nicht nur um Zahlen, oder? Natürlich kontrolliere ich auch, was ich esse. Aber ich kontrolliere doch lieber meinen Körper. Das allein ist wichtig. Jede Faser zu spüren, jeden Strang verfolgen zu können. Wenn ich beim Tanzen die Muskeln unter der Haut zucken seh, die Anspannung in den Knochen fühle, dann lebe ich. Dann nähere ich mich meinem Traum an. Alles andere ist Spielerei.«

Tigerauge ist natürlich ein bisschen eingeschnappt. Aber ich kann DiD verstehen. Den Blick auf mir selber wandern zu lassen, ihn auszuhalten, vielleicht Stellen zu finden, wo ich schon ganz ich bin, das ist auch mein Ziel.

Aber da bin ich noch nicht ganz. Ein paar Tage muss ich mich noch zurückhalten, die Kalorien reduzieren, dann fängt die Zeit des Haltens an. Dann kann ich endlich, endlich sagen: So will ich bleiben. Das heißt aber auch, dass ich mir für die Waage morgen früh was Neues einfallen lassen muss. Mir fällt kein anderer Weg ein. Ich steck mir zwei Scheine in die Hosentasche und schlender zum Teich.

Ich lass mich neben Annalena nieder.

»Hast du eigentlich was von Jule gehört?«, frag ich sie.

»Soll auf der Intensiv sein. Hat sich beim Baden hier wohl eine Lungenentzündung geholt.«

Richtig mitleidig klingt das nicht, dabei dachte ich,

dass die beiden Freundinnen sind. Ich denk an Mia und bin überrascht, dass ich bei dem Gedanken fast losheul. Sie fehlt mir echt. Sie fühlt sich so weit weg an. Als wär ich plötzlich auf einer ganz anderen Umlaufbahn. Gut, dass ich die Sonnenbrille aufhab. Keinen Bock, dass Annalena mich jetzt flennen sieht.

Als Lars sich hinter mir ins Gras plumpsen lässt, würd ich mich am liebsten an ihn lehnen. Ich mach mich klein, zieh die Knie ran, press sie mit den Armen fest an meinen Körper. Am liebsten würd ich in ihn reinkriechen. Ganz eng.

Ich fühl mich immer kleiner, frag mich gleichzeitig, ob ich mich jetzt wohl verliebt hab. Aber das ist es nicht. Ich hab das Gefühl, als würd ich mich auflösen. Ich zieh die Beine noch ein Stückchen näher ran. Das ändert nichts. Ich würd mir Lars gern wie einen Umhang umlegen. Mich verstecken. Nicht mehr immer so frieren müssen.

Steif steh ich auf und geh los. Ziellos. Nach einer großen Runde durch den Park sind die andern weg. Scheiße. Die Gruppenstunde hat begonnen. Zwei Jungs lassen noch ihre Boote auf dem Wasser kreuzen. Stumm halt ich dem Größeren einen zerknüllten Schein hin. Er versteht sofort, lässt sein Schiff anlegen und montiert umständlich die Kielbombe ab. Schwer wiegt sie in meiner Hand.

Kalt und nass fühl ich sie während der ganzen Gruppenstunde in meiner Jeanstasche. Mir ist ehrlich gesagt noch nicht klar, wie und wo ich das Ding platzieren soll. Hier will ich niemanden fragen. Das ist mir peinlich. Vielleicht kann mir ja Ina helfen. Die kennt sich doch mit allem aus.

Im Mondnebel ist keiner. Das hab ich noch nie erlebt. Nur ein Eintrag, der knapp eine Stunde alt ist, erscheint auf dem Bildschirm.

»Hallo, wir wissen nicht, wer ihr seid. Doch unser Sohn war einer von euch. Er hat sich wohl Dancer in the Dark genannt. Er ist heute Mittag ins Koma gefallen. Wir wissen nicht, ob er überlebt. Ob er euch überlebt. Ist es das, was ihr wollt?«

Immer wieder les ich die Worte, Buchstabe für Buchstabe. DiD war ein Junge? Wieso Koma? In mir summt ein ganz leiser, ganz hoher Ton. Eine Angst, die sich formiert. Die armen Eltern. Ob sie wussten, was ihr Sohn dachte und fühlte? Ob sie mal mit ihm geredet haben? Nicht nur gesprochen. Die Angst in mir wird klarer und hat eine ganz scharfe Seite. Wie ein Messer sticht sie zu.

Ein Typ.

Ein Tänzer.

Wirr und klar zugleich.

Robert.

Plötzlich bin ich mir sicher. Robert ist der Dancer in the Dark. Ich hab die ganze Zeit mit meinem Bruder gechattet. Ich mach den Rechner aus, ohne ihn runterzufahren, versteck ihn flüchtig unter ein paar Büchern und geh auf mein Zimmer. Um mich herum tanzt die Umgebung in wilden Molekülen. Alles unscharf.

149

Robert war auch im Mondnebel. Ich hab ihn nicht erkannt. Ich hätt doch was merken müssen. Ich hätt auf seine diffusen E-Mails reagieren müssen. Jetzt liegt er im Koma. Wieso haben meine Eltern mich noch nicht informiert? Vielleicht ist er schon tot. Verhungert, weil er Tigerauge noch unterbieten wollte. Weil er bis zur Erschöpfung getanzt hat und dann zusammengebrochen ist. Ein letztes Mal eingeatmet und nie mehr aus. Schluss.

Das Schluchzen kommt tief aus meinem Bauch. Ich schnapp nach Luft, hör kehlige Töne wie von einem Tier. Mein geliebter Robert. Ich fang an, meine Klamotten in die Tasche zu packen. Meine Ärmel sind schon nass und schleimig vom Naseabwischen. Dass die Tür aufgeht, hör ich gar nicht.

Lars.

»Ich wollte nur eben meine Hose …« Er stockt, starrt mich an. »Was ist los?«

Ich versuch, es ihm zu erklären. Kann kaum reden. Er nimmt mich am Arm, führt mich zum Bett.

»Hinsetzen.«

Mit einem nassen Handtuch wischt er mir durchs Gesicht. Ich zitter am ganzen Körper. Im ganzen Körper. Meine Beine zucken unkontrolliert. Ich erzähl ihm alles. Vom Mondnebel. Von Ina, von der Tänzerin. Von Robert.

Lars guckt mich irritiert an.

»Du hast so eine Angst um deinen Bruder? Wenn du dir Angst um jemanden machen willst, dann guck mal in den Spiegel.«

Nicht schon wieder die Leier. Nicht jetzt. Jetzt geht es um was anderes. Um mehr.

»Nele, du bist dieses Tigerauge, du bist die Tänzerin. Du bist die Nächste. Glaubst du eigentlich, du kannst hier irgendjemanden an der Nase rumführen? Hast du nur eine Sekunde geglaubt, irgendjemand hier fällt auf deine Fassade rein? Guck dir mal in die Augen. Um die solltest du heulen. Halt dich fest, so lange es dich noch gibt.«

»Halt's Maul. Es geht um Robert. Ich muss zu ihm.«

»Du musst zu dir. Du musst zu dir kommen. Außerdem glaube ich, dass du dich gerade in was reinsteigerst. Wie viele Typen auf der ganzen Welt hungern sich die Seele aus dem Leib und tanzen auch zufällig? Wie groß ist die Wahrscheinlichkeit, dass das wirklich Robert ist?« Er steht auf, holt noch mal Luft.

»Dein Gehirn leidet auch schon unter Nahrungsentzug. Das sind Hallus.«

Ich guck ihn ungläubig an. Der will mich doch nur beruhigen. Mir doch nur Hoffnung machen.

»Schreib deinem Bruder einfach eine Mail und bitte ihn, dir schnell zu antworten. Oder ruf deine Eltern an. Aber vorher kommst du mit zum Abendessen.«

Ich schüttel den Kopf. »Ich kann nicht.«

»Du willst nicht.«

Lars geht zur Tür.

»Komm mal. Komm ma'. Koma.« Ganz langsam spricht er die Silben. Ich weiß, was er meint. Die Tränen sind wieder da.

»Nele, ich bin sicher, Robert geht es gut. Und jetzt komm. Einen Löffel für Nele. Einen Löffel für Robert.«

Ich folg ihm. Wie in Trance. Hat er vielleicht recht und ich bild mir alles nur ein? Hab ich recht? Dann will ich es vielleicht gar nicht wissen. Hab gar keine Lust mehr, gegen Lars anzukämpfen.

Stumpf löffel ich einen Teller dünne Suppe. Hab keine Kraft mehr, mich zu wehren. Soll ich wirklich meine Eltern anrufen? Wenn ich mir was ganz Wichtiges ausdächte, würde die Schimm mich bestimmt lassen. Und wenn sie dann nicht zu Hause sind? Weil sie schon in London sind, im Krankenhaus. Oder sie sind da und belügen mich, weil sie Angst haben, dass ich die Wahrheit nicht verkrafte. Oder sie sagen, dass es stimmt. Das könnte ich nicht ertragen.

Mein Laptop steht noch unberührt in der Bücherei. Meine Mail an Robert hat nur drei Worte. MELDE DICH BITTE.

Dreimal steh ich in der Nacht auf, schleich über die Flure, fahr den PC hoch. Noch keine Antwort. Auch der Mondnebel ist tot.

Die Angst in mir beißt sich fest, haut ihre Schneidezähne in alle Organe. Ich würd jetzt gern schlafen können. Zitternd lieg ich unter der Decke. Auch die dicken Socken und der Pulli helfen nicht.

In meinem Kopf ist eine Leinwand. Immer wieder Robert und ich. Komisch. Es hieß immer: »Robert und Nele.« Immer in dieser Reihenfolge. Er war immer vorn. Immer einen Schritt voraus. Einmal kommt für den Bruchteil einer Sekunde der Gedanke: Jetzt bin ich immer vorn. Und ich schäm mich sofort. Aber das Gefühl kenn ich ja.

Als ich mich vor der Waage ausziehen muss, zitter ich noch immer. Mir ist so kalt. Auch wegen des glatten Metallteils, das ich mit den Pobacken festhalte. Ich muss mich stark konzentrieren. Die Schimm ist zufrieden. Mir ist alles egal. In der Nacht haben sich Träume, Ängste und Bilder übereinandergeschoben. Ich hab Robert gesehen. An tausend Schläuchen im Bett. Sein Körper zeichnete sich kaum unter der Decke ab. Mich hab ich auch so gesehen. Mitten in der Nacht bin ich aufgestanden. Am Wasserhahn hab ich getrunken, mich danach im Spiegel gesehen. Mich angeguckt, so wie Lars es gesagt hat. Wenn ich in letzter Zeit in den Spiegel gesehen hab, hab ich nie mein Gesicht gesucht. Immer nur den Körper. Hab mich dafür auf den Stuhl gestellt.

Ich beug mich weit über das Waschbecken. So sieht Fremde aus.

Beim Frühstück guck ich mir die andern Gesichter an. Das könnte Tigerauge sein. Und das Ina. Wer weiß? Überall stumpfe Blicke, große Münder. Lars nimmt mich zur Seite.

»Hast du was gegessen?«

»Ja.«

»Hast du deine Eltern angerufen?«

»Trau mich nicht. Hab Robert 'ne Mail geschrieben. Hat aber noch nicht geantwortet.«

Lars streichelt mir über den Rücken. Es ist mir ein bisschen peinlich. Doch ich wehr mich nicht. Spür, wie biegsam meine Knochen unter seiner Hand sind.

»Wir gehen spazieren«, bestimmt er.

Die Luft ist klar draußen.

»Vielleicht sollte ich noch eine Runde joggen«, überleg ich laut. Ich würd jetzt gern laufen. Weit laufen.

Lars stöhnt auf. »Meine Güte. Du nervst. Kannst du nicht einmal loslassen? Einfach mal was tun, ohne an Sinn und Zweck zu denken. Dich einfach mal bewegen, ohne zu überlegen, wie du noch ein bisschen mehr Kalorien verbrennen kannst?«

Ein bisschen ertappt fühl ich mich schon.

»Ich guck noch mal nach einer Mail«, sag ich, dreh mich um und geh ins Haus.

»WARUM« heißt die Betreffzeile und mir wird ganz heiß. Ganz warm unter der Haut. Robert hat geschrieben.

»Hier bin ich! Was ist los? Habe gerade deine Mail gelesen. Ein bisschen mehr hättest du ja schon schreiben können. Ja, ja, ich hätte mich mal eher melden können, aber hier war es ziemlich trubelig. Ich hatte nämlich einen kurzen Überraschungsbesuch von Ma und Pa. Für die war alles etwas shocking. Kannst du dir sicher vorstellen. Die wussten ja noch nicht mal, dass ich das Praktikum gestrichen habe. Wir haben aber super lange gequatscht und ich habe Luft abgelassen. Das musste alles mal raus. Hier ist mir erst klar geworden, wie sehr mich zu Hause alles genervt hat.

Du auch übrigens. Nele, die Tolle. Ich konnte es echt nicht mehr hören. Das kleine Klaviergenie. Papas Liebling. Ich weiß, kannst du ja eigentlich nichts zu. So wie es aussieht, werde ich auf jeden Fall bald zurückkommen und ein Musical-Studium aufnehmen. Zumindest das konnte ich Ma und Pa abringen. Da kann ich tanzen und mich auch in Sachen Management fit machen. Denn, ehrlich gesagt, mir geht das Nur-Tanzen schon ein bisschen auf den Keks. Und viel Kohle kommt auch nicht rum. Ma und Pa machen sich übrigens echt Sorgen um dich. Hast du wirklich noch mehr abgenommen? Das ist doch nicht dein Ernst. Du warst schon so dünn, als ich nach London gegangen bin. Hunger dich bitte nicht weg. Wär schade drum!!!! Ich drücke dich. Robert.«

Ich tropf auf die Tastatur. Ich bin so glücklich. So unfassbar erleichtert. Und so erschöpft. Als ich zu spät in die Stunde komm, grinst Lars mich an. Er sieht, was los ist.

»Wenn du keine Ohren hättest, würdest du im Kreis lachen, oder?«

Tanja hat Kisten voll mit Draht, Steinen, Bändern und so Zeug mitgebracht. Wir können uns Schmuck selber machen.

»Wir machen dir einfach einen fetten Gürtel aus bunten Steinen. Falls du doch mal so ein künstliches Ding am Bauch kriegst, kannst du den immer drüber tragen«, schlag ich Lars vor. Als ich es aussprech, zuckt er kurz. Dann grinst er.

»Super Idee. Und dir machen wir eine Kette. Das lenkt dann von deinem Gesicht ab.«

Ich bastel mir eine Schleuder und beschieß ihn mit kleinen Perlen.

Mit Gebrüll stürzt er sich auf mich. Er dreht meine Haare zu einem Zopf.

»Gebt mir eine Schere. Ich will Neles Skalp.«

Ich winde mich weg, hab Bauchschmerzen. Auch vor Lachen.

Ich weiß gar nicht, wann ich das letzte Mal so einen Spaß hatte. Auf dem Weg zum Mittagessen erzähl ich Lars von Roberts Mail. Er nimmt zwei Powerriegel aus dem Regal, hält mir einen hin.

»Statt Sekt. Prost. Auf die Auferstehung deines Bruders.«

Ich lach nur und leg den Riegel zurück.

»Du spinnst wohl.«

Ich pack mir Magerquark, einen Apfel und zwei Mandarinen aufs Tablett und seh jetzt erst, dass Lars noch wie angewurzelt mit dem Riegel in der Hand dasteht.

Langsam kommt er zu mir, setzt sich mir gegenüber.

»Das ist jetzt nicht dein Ernst. Du willst doch nicht wirklich weitermachen.«

»Lass mich. Hol dir deinen Brei.«

»Hast du nichts gerafft?«

Ich ignorier ihn.

»Was ist denn wohl mit dem richtigen Dancer in the Dark? Wie es dem wohl geht? So schön dünn und vielleicht schön tot.«

»Sei still.«

»Hat die Angst um Robert dir nichts gesagt?«

»Robert geht es gut.«

»Dann ist ja alles prima.«

Lars lässt mich einfach sitzen, holt sich was zu essen und geht an einen andern Tisch. Dieser Typ macht mich wütend. Was bildet der sich eigentlich ein. Der kann einem jede Laune verderben.

Als ich mein Tablett wegbring, geh ich kurz bei ihm vorbei.

»Ich scheiß auf deine Meinung.«

Er guckt mich traurig an.

»Du kannst ja auch.«

Ich hab die Joggingschuhe ausgezogen, geh barfuß durchs Gras. Die Bemerkung von Lars heute Morgen hat mir den Spaß am Laufen genommen. Außerdem fühl ich mich total müde. Als er zielstrebig auf mich zukommt, weiß ich, dass er mich gesucht hat. Er ist noch einige Meter entfernt, als er losbrüllt.

»Du scheißt auch auf deine eigene Meinung.«

Plötzlich steht Lars ganz dicht vor mir.

»Oder vielleicht hast du die auch schon weggehungert. Du bist nur eine verzweifelte Kopie auf dem Weg zu einer Illusion. Und du wirst erst ankommen, wenn du nicht mehr da bist. So.«

»Lars, dein Psycho-Gewäsch interessiert mich nicht.«

»Ich weiß. Dich interessiert gar nichts. In dir ist ja auch nichts mehr, was sich für irgendwas interessieren könnte. Alles schon abgestorben, ausgetrocknet. Als ich dich kennengelernt habe, warst du ein witziges Mädchen. Ein bisschen dünn vielleicht. Aber trotzdem ein bisschen zum Verlieben. Jetzt bist du eine knittrige Hülle. Wie ein Luftballon, der unbeachtet in einer Ecke liegt. Immer schlapper, schlaffer, lebloser.«

»Das interessiert mich nicht.«

Ich will an ihm vorbei. Doch Lars stellt sich noch mal in den Weg.

»Ich weiß. Ich wollte halt nur eben Tschüs sagen.«

Damit dreht er sich um.

Tschüs sagen? Darf Lars nach Hause? Das wusste ich gar nicht. Aber vielleicht gut so. Der nervt ja eh nur noch. Ich zieh die Schuhe wieder an. Eine kleine Runde schaff ich noch.

Beim Abendessen ist Lars schon weg. Ich lass mich neben Annalena nieder.

»Wusstest du, dass Lars nach Hause fährt? Mir hat er davon gar nichts gesagt.«

»Nach Hause? Quatsch. Morgen ist seine große OP. Er war doch vor ein paar Tagen schon zur Vorbereitung da.«

Ich steh wieder vor dem Spiegel. Draußen ist es schon lange dunkel. Ich versteh nichts mehr. Wieso hat er mir das nicht gesagt? Hat getan, als wär alles in Ordnung. So wie ich.

Ein Mädchen, ein bisschen zum Verlieben. Ich zieh eine Grimasse. Papas Liebling, hat Robert geschrieben. Eifersüchtig auf mich. Ausgerechnet. Auf einen toten

Luftballon. Ich zieh meine Jeans aus. Muss sie dafür schon gar nicht mehr aufmachen. Fühlt sich jetzt aber nicht mehr stolz an. In mir ist alles traurig. Hab das Gefühl, dass ich mir aus den Händen gleite. Es wird nie genug sein. Ich renn und renn und warte immer auf das Läuten für die letzte Runde. Ich bin müde, als ich am Morgen aufsteh.

Tanja wartet vor dem Speiseraum auf mich.

»Keine Ahnung, warum, aber den soll ich dir von Lars geben.«

Sie hält mir einen Löffel hin.

»Du sollst ihn nicht abgeben.«

Einen Löffel für Nele.

Ich schieb ihn hinten in die Hosentasche, wo er fies drückt. So wie der Gedanke an Lars. Ich muss auch grinsen, wenn ich an ihn denk. Wie oft er mich veralbert hat. Beim Essen plötzlich aufgeschrien hat. »Pass auf, Nele, da ist eine Kalorie. Vorsicht.« Ich stell mir vor, er würde jetzt hier sitzen. Und Mia auch. Und Robert. Alle würden sich hier umgucken und sagen: »Komm mit. Raus hier. Schnell.«

Um mich herum sitzt in dutzendfacher Kopie dieses fiese Bild. Dieser Schrei. Die Angst kommt wieder in mir hoch. Ich möcht jetzt in keinen Spiegel gucken. Bloß nicht. Die Hand von der Schimm wiegt schwer auf meiner Schulter.

»Du warst nicht beim Wiegen.«

Ich steh schnell auf, der Stuhl kippt.

»Sorry, hab ich vergessen. Ich bin sofort da.«

Als ich im Untersuchungsraum aus der Umkleide komm, hab ich mir eine Kette um den Hals drapiert, die andere locker um meine Taille gebunden. Den Löffel hab ich vorn in die Unti gesteckt.

Die Schimm blinzelt kurz.

»Dann können wir ja anfangen.«